D1666920

Ivana Jeissing

Unsichtbar

Roman

1

„Wenn du ganz unten bist, bist du auf dem Weg nach oben", lese ich auf einem Plakat, das im Schaufenster des alten Odeon-Kinos hängt, und überlege, wie tief ganz unten ist und ob der verdächtig kurze Satz zu einem Film gehört, der die Antwort kennt oder mich nur verführen soll. Um mich dann allein zu lassen. Mit meinen Erwartungen.

Unter dem Satz steht ein junger Mann in einem Feld und blickt mir angestrengt ins Gesicht. Der Wind hat sein braunes Haar zerzaust und zerrt an seinem dunkelblauen Anzug. Bläst durch die schmal geschnittenen Hosen und die elegant taillierte Jacke. Ich überlege, ob ich jemals einen Mann mit Anzug in einem Feld gesehen habe, und frage mich, warum er in seiner rechten Hand einen kleinen Lederkoffer trägt, während die andere pfeilgerade nach oben zeigt.

Lederkoffer üben seit meiner Kindheit eine seltsame Faszination auf mich aus, und die Tatsache, dass die darin verborgenen Utensilien so wichtig sind, dass sie zu ständigen Begleitern werden, nährte schon früh meine unerfüllte Sehnsucht nach Bedeutsamkeit.

Daran hat sich auch fast dreißig Jahre später nichts geändert. Ich sehe einen Koffer und denke nicht an eine romantische Reise mit Peter in die Karibik, sondern an den aussichtslosen Kampf gegen den ausgebeulten kalbsledernen Arztkoffer meiner Eltern! Im Gegensatz zu mir befand der sich nämlich immer in ihrer Nähe und wurde von ihnen so oft in den Arm genommen, dass er an einigen Stellen ganz schwarz und speckig war. Ich dagegen hatte keine einzige speckige und schwarze Stelle an meinem Körper, und unter meiner Haut verbargen sich auch keine wichtigen medizinischen Instrumente, die dazu dienten, das Innere des Menschen zu erkunden. Für mich war das Innere meines acht Jahre alten Körpers genauso geheimnisvoll wie der entlegenste Stern des Himmels und der Koffer meines Vaters ein beneidetes Wunder. Ein Geheimnisträger. Der Urkoffer aller Koffer. Koffer Adam sozusagen.

Und es dauerte viele Jahre, bis ich einen Koffer traf, der Adam das Wasser reichen konnte. Er hatte ein Zahlenschloss und eine Handschelle am Tragegriff, an der mein späterer Ehemann Peter hing.

Peter und George, so nannte ich seinen ledernen Weggefährten, waren genauso unzertrennlich wie meine Eltern und Adam. Doch dieses Mal siegte ich, obwohl George sehr oft zwischen uns lag und auch mit auf Hochzeitsreise kam. Oder um es mit den Worten einer verstorbenen Prinzessin zu sagen:

„In our marriage there were always three of us!" Natürlich war George auch anwesend, als ich Peter, der wieder einmal Sonntagvormittag in seinem Büro zu tun gehabt hatte, nachmittags im Hyde Park traf.

„Wir werden nach Berlin ziehen!" begrüßte er mich mit leuchtenden Augen. „Stell dir vor, sie wollen, dass ich die Rechtsanwaltskanzlei Taylor, Barnett and Frame in Berlin aufbaue! Ich! Dr. Peter Frame! Freust

du dich?!“ sagte er und strahlte mit dem auf Hochglanz polierten George um die Wette.
Ich bohrte mit meinem Regenschirm ein Loch in den Hyde Park, habe Peters obersten Dufflecoat-Knopf angelächelt und „Natürlich freue ich mich“ gesagt, während ich „Warum sollte ich mich darüber freuen?“ gedacht habe. Wir waren kaum ein halbes Jahr verheiratet, und ich hatte mich gerade an mein neues Leben gewöhnt. Hatte gerade unser kleines Haus umgebaut und eingerichtet, und vor ein paar Wochen war es mir gelungen, meinen ersten Design-Auftrag an Land zu ziehen. Warum sollte ich ausgerechnet jetzt nach Berlin gehen? „Komm! Das müssen wir feiern!“ fand Peter, und dann gingen wir in den Pub. Tranken Bier. Und aßen Fish 'n' Chips.
Er hatte unsere gemeinsame Zukunft bis ins kleinste Detail geplant und auf einen Bierdeckel skizziert, und bevor er ein zweites Bier bestellte, legte er seine Hand auf meine Schulter und stellte erleichtert fest, dass ich als Kreative ja so gut wie überall arbeiten konnte, und verteilte mehrere Bierdeckel auf dem Tisch, ganz euphorisch, so eine praktische Frau zu haben.
Ich beschloss, Peter nicht zu erzählen, dass ich seit Wochen vergeblich auf eine zündende Idee wartete.
„Beautyface“ war eine Weltneuheit, die in einem Jahr den Beauty-Markt revolutionieren sollte, und schon in einer Woche war mein „Beautyface“-Verpackungs-Präsentationstermin.
„Unsere Maske unterscheidet sich von herkömmlichen Schönheitsmasken dadurch, dass man, schon während man die Maske trägt, schöner wird. Theoretisch könnte Frau die ‚Beautyface-Maske‘ immer tragen“, hatte der

Erfinder von „Beautyface" bei unserem ersten Gespräch gesagt, und der Produkt-Assistent ergänzte zynisch lächelnd, dass es vermutlich besser wäre, manche Frauen würden gar nicht mehr ohne ihr „Beautyface"-Masken-Gesicht aus dem Haus gehen. Dann erinnerten sie sich an meine Anwesenheit und beteuerten, dass ich davon natürlich ausgenommen sei. Ich würde auch so ganz passabel aussehen und müsste die Maske nur ganz selten und nur ganz kurz tragen. Ja. Und dann durfte ich gehen.
Ich machte mich sofort an die Arbeit und stieß während einer Internet-Recherche, die eine kreative Übersprunghandlung in Gang setzen sollte, auf Kihachiro Onitsuka, der in den 50ern die ersten Basketballschuhe mit Saugnäpfen erfunden hatte. Die Idee dazu kam ihm, als er den Tintenfisch-Gurkensalat seiner Mutter aß. Genial! Das war's! So würde auch ich zu meiner „Beautyface-Idee" kommen.
Aber irgendwie ließ der gewünschte Erfolg auf sich warten, und abgemagert und total gestresst sah ich mittlerweile in jedem Essen ein Gesicht. Auch die Fish 'n' Chips, die vor mir auf einem roten Teller lagen, hatten eines. Einfach widerlich. Diese Augen aus Kartoffelscheiben! Und die verdrehte Nase aus Fisch! Von dem Ketchup-Mund ganz zu schweigen.
„Geht ganz gut voran", sagte ich und nahm einen großen Schluck Guinness. „Na siehst du", lobte mich Peter und hob mit seinem Zeigefinger mein Kinn so in die Höhe, dass ich in seine Augen sehen musste. „Ich wusste immer, dass du die Beste bist!"
An diesem Abend hatten wir den ersten Streit unserer kurzen Ehe, und das perfekte Bild, das Peter bis dahin

von mir gehabt hatte, bekam den ersten Riss.
Es war auch wirklich zu naiv von mir zu glauben, dass der richtige Zeitpunkt für ein Gespräch über meine Zukunft vor dem Einschlafen sein könnte. Als ich Peter im Dunkeln gestand, dass ich nicht sicher sei, ob ich nach Berlin gehen möchte, sprang er wie von der Tarantel gebissen aus dem Bett und schrie, ob ich von allen guten Geistern verlassen wäre. Und dass er das alles doch überhaupt nur für mich mache. Und dass ich, wie im Übrigen alle Frauen, undankbar sei. Dann rannte er versehentlich gegen die Kommode und verließ humpelnd und nicht ohne noch einmal zu betonen, wie sehr er sich in mir getäuscht habe, unser Schlafzimmer.
Peter verbrachte die Nacht auf dem Sofa, und noch bevor ich aufgestanden war, verschwand er still und leise, um vom Flughafen London-Heathrow mit der Sieben-Uhr-Maschine nach Berlin Tegel zu fliegen.
Nicht einmal das vollautomatische „See you Friday" kam über seine Lippen, als er mit George das Haus verließ.
Drei Tage später stand ich ohne Idee, dafür aber schweißgebadet vor dem „Beautyface"-Management und war meinen Job schneller los, als mein Gesicht Zeit hatte, sich entsprechend zu verändern. Kleinlaut und wie in Trance landete ich danach irgendwie in Joey's Pub, und während ich das erste gesichtslose Steak seit Wochen in mich hineinstopfte, gab ich eine Annonce im Immobilienteil der *Times* auf.
Schon wenige Wochen später gehörte unser Häuschen einer Familie mit zwei kleinen Kindern und einem fetten Meerschwein, und als Peter mich am Flughafen

Berlin-Tegel in die Arme nahm, sagte er: „Darling, vergiss London! Hier warten die wirklich wichtigen Herausforderungen auf uns! Ich hab dir eine Bulette mitgebracht!“

Worauf wartet der junge Mann in diesem riesigen grünen Meer aus Gras, das so groß ist, dass es den Horizont berührt?
Ich werde es nicht erfahren, denn zwei Gründe sprechen gegen diesen Film:
a) der alberne kurze Satz
b) Das ganze Plakat macht mich misstrauisch, weil es mich nicht nur an Koffer, sondern auch an meine Zeit in England und die nie enden wollenden Sonntagsspaziergänge meiner Eltern erinnert.
Je länger ich es ansehe, umso schwerer werden meine Beine. Bleischwer. Viel zu schwer für die Asphaltdecke unter mir, und ich habe das Gefühl, gleich einzubrechen und zu verschwinden. Nur mein Kopf ist noch zu sehen. Wie peinlich! Der alles lähmende Wahnsinn meiner Eltern, die querfeldein laufen. Ich hinterher. 1.497 Schritte. 1.498 Schritte. 1.499 Schritte. Tot umfallen wäre eine Lösung. 1.500 Schritte. Einfach verschwinden. Sinnlos. Ziellos. Und kein Ende.
Während meine Freundinnen sich im Kino oder im Schwimmbad treffen. Im Jugendclub tanzen und sich verlieben. Ihre ersten Zigaretten rauchen. Geküsst werden. Sex haben. Laufe ich durch Wiesen, Felder und Gestrüpp und frage mich, warum.
Warum muss ich, Jane Terry, einziges Kind von Simon und Anna Terry, all diese sinnlosen Schritte tun, die mich am Ende des Tages doch nur wieder dorthin

bringen, wo ich am Anfang des Tages losgegangen bin?
Ich habe oft darüber nachgedacht, warum ausgerechnet diese beiden Menschen sich getroffen haben, um sich zu verlieben und mich bei einem ihrer Liebesakte zu produzieren. Und es ist ganz einfach, bei diesem Gedanken den Verstand zu verlieren, wenn ich überlege, wie viele andere Möglichkeiten es gegeben hätte. Meine Eltern trafen sich im letzten Semester ihres Medizinstudiums bei einem von ihrer Universität organisierten Wandermarathon mit dem Arbeitsthema „Der Nasenflügel unter Einfluss extremer Schrittfolgen" und waren von diesem Tag an unzertrennlich. Nach dem Studium heirateten sie, kauften sich in einem Londoner Vorort ein kleines Haus und eröffneten eine Praxis für kranke Hälse, Nasen und Ohren.

Und dann kam ich. Überraschend, weil einen Monat zu früh, rutschte ich an einem späten Montagnachmittag im Mai einfach aus dem Bauch meiner Mutter und, wie es Sturzgeburten so an sich haben, fiel ich ins Leere und knallte auf den frisch gebohnerten Linoleumboden der keimfreien Arztpraxis meiner Eltern. Meine Mutter war gerade damit beschäftigt gewesen, dem alten Mr. Cox, der unter einem quälenden Tinnitus litt, zu erklären, wie man durch das Zuhalten beider Nasenlöcher einen Druckausgleich im Ohr erreichen konnte, als sie das kurze, heftige Ziehen einer winzigen Austreibungswehe verspürte und gerade noch zu Boden gehen konnte, bevor ich das Licht der Welt oder besser gesagt das grelle Neonlicht der Praxis meiner Eltern erblickte.

Mr. Cox begriff im ersten Moment gar nicht, dass das Zu-Boden-Gehen meiner Mutter nichts mit seinem Tinnitus zu tun hatte, und war von dem dargebotenen körperlichen Einsatz höchst beeindruckt, als er mich klein und verschmiert auf dem Boden entdeckte.
„Dr. Terry! Was machen Sie da unten?“ fragte er und trat einen Schritt zurück.
„Das sehen Sie doch, Mr. Cox! Ich bekomme ein Kind!“ antwortete meine Mutter mit gepresster Stimme, während sie mich mit einer Hand an beiden Beinen hochhielt und mir mit der anderen einen Klaps auf den Po gab, um auf diese durchaus umstrittene Art und Weise den ersten Schrei meines Lebens und meine Atmung in Gang zu setzen.
„Was kann ich tun?“ fragte Mr. Cox, während er einen Schritt zur Tür machte, denn seine Frage war rein rhetorischer Art. Eigentlich wollte er „Ich muss jetzt sofort gehen!“ sagen. Er hatte mit seinem Tinnitus schon genug Ärger und dachte gar nicht daran, sich auch noch mit meiner Geburt auseinanderzusetzen.
„Die Nabelschnur! ... Durchtrennen!“ keuchte meine Mutter und zeigte auf die Glasvitrine, in der ein Skalpell lag.
„Durchkämmen ...?“ stammelte Mr. Cox und schloss seine Augen, denn das, was er sah, überstieg bei weitem das für einen kinderlosen Junggesellen erträgliche Maß. Er spürte, wie Tränen der Verzweiflung in ihm hochstiegen, denn zusätzlich zu seinem Tinnitus war er auch noch schwerhörig, und er schämte sich und kam sich so unendlich blöd vor, weil er keinen Kamm hatte und auch nicht wusste, wozu man Babys gleich nach der Geburt kämmen musste.

Das Tinnitus-Geräusch in seinem Kopf wurde immer lauter und pfiff und dröhnte wie ein Schnellzug, der durch einen Tunnel rast, und der leichte Schwindel wurde ein mächtiges Drehen und zwang den alten Mann auf die Knie. Durch seine dicken Brillengläser starrte er auf mich kleines, brüllendes, verschmiertes Wesen, das immer noch mit dem Kopf nach unten am ausgestreckten Arm seiner Mutter hing, und als er die Nabelschnur entdeckte, die unter dem orangekarierten Kleid meiner Mutter hervorkam und wie ein Springseil zwischen uns baumelte, hatte Mr. Cox zum allerersten Mal in seinem Leben das Verlangen, sofort sterben zu wollen.
Mit zitternder Hand wischte er sich den Schweiß von der Stirn, nahm die Brille von der Nase und beteuerte, während er die Brillengläser mit einem Hemdzipfel zu säubern versuchte: „Ich habe keinen Kamm, Ms. Terry." Und nach einem verlegenen Räuspern: „Sie sehen doch selbst, ich habe so gut wie keine Haare auf dem Kopf. Wozu sollte ich einen Kamm besitzen?"
„Sie sollen die Nabelschnur durchtrennen! Das Skalpell!" ächzte meine Mutter.
Sie hatte für einen kurzen Augenblick die Beherrschung verloren, besann sich aber, als sie Mr. Cox' panischen Blick sah, und erklärte so beiläufig sie konnte, dass das Durchtrennen einer Nabelschnur etwas ganz Alltägliches sei. Etwas, das jeder einmal tun sollte!
„Kommen Sie! Das ist nicht schwer!" sagte sie mit samtweicher Stimme und zwinkerte Mr. Cox mit fest aufeinandergepressten Lippen zu. Dann schenkte sie ihm ein gequältes Lächeln, schloss die Augen, atmete tief und versuchte sich zu entspannen, während mich

der arme Mann zitternd und unter Tränen von meiner Mutter trennte.
Wenige Minuten später war der Spuk vorüber, und während ich auf der orangekarierten Wollhaut meiner Mutter lag, kotzte Mr. Cox in seinem hellgrauen Tweedanzug, den er nur zu besonderen Anlässen trug, in den Papierkorb unter dem Schreibtisch.
Mein Vater, der bei meiner Niederkunft unbedingt dabei sein wollte, nannte mein verfrühtes Erscheinen eine Katastrophe, denn während er völlig ahnungslos den Rasen vor unserem kleinen Haus mähte, fand sein wichtigstes wissenschaftliches Forschungsprojekt ohne ihn statt.
Seit Monaten hatte er sich penibel vorbereitet, einen Hebammenkurs absolviert und einen schalldichten Geburtsraum eingerichtet, der auch mein Kinderzimmer werden sollte, denn meine Geburt hatte nicht nur den profanen Zweck, mich auf diese Welt zu bringen, sondern sollte vor allem den wissenschaftlichen Durchbruch meines Vaters beschleunigen.
Mit einer Filmkamera und einem von ihm speziell entwickelten Tonbandgerät wollte er meine Geburtsschreimimik und meinen Geburtsschrei dokumentieren. So hätte sein eigenes Fleisch und Blut zum Beweis beigetragen, dass Knaben mehr „Oa“ und Mädchen mehr „Oe“ schreien, und widerlegt, dass der Geburtsschrei bei allen Kindern bei einer Tonhöhe von etwa 400 bis 450 Hertz liegt, diese sei nämlich vom Geburtsumfeld abhängig.
Wäre ich planmäßig zur Welt gekommen, wäre mein Vater zu seinem wissenschaftlichen Durchbruch gekommen. Und es ist meine Schuld, dass ihn keine

Karriere, sondern eine gewaltige Depression ansprang und in eine tiefe Lebens- und Schaffenskrise stürzte, die ihn viele Jahre später zu keinem Nobelpreisträger, dafür aber zu einem Alkoholiker machte.

Auch meiner Hebamme Mr. Cox habe ich kein Glück gebracht. Er erholte sich nie von dem traumatischen Erlebnis meiner Sturzgeburt, da dieses bei ihm einen chronischen Gehörsturz auslöste, der Tag und Nacht sein linkes Ohr klingeln ließ, was ein entspanntes Verhältnis zwischen uns so gut wie unmöglich machte. Männer wie mein Vater sollten keine Kinder machen, und Frauen wie meine Mutter sollten keine Kinder kriegen. Sie sollten arbeiten und erfolgreich sein.

Ich sah meine Mutter so gut wie nie, da sie pausenlos damit beschäftigt war, meinen Vater zu trösten und zu beeindrucken, denn für sie gab es nichts Schöneres als ihre gemeinsame Leidenschaft, in entzündete, verstopfte und triefende Hälse, Nasen und Ohren zu sehen. Natürlich musste sie darauf achten, nicht aus seinem Schatten zu treten, denn das hätte die harmonischen Lichtverhältnisse ihrer Ehe durcheinandergebracht. Ein Kunststück. Meine Mutter. Eine Weltmeisterin im Schattentauchen. Wie zwei perfekt ineinandergreifende Zahnräder hielten meine Eltern ihr HNO-Universum in Gang, in dem ich nur dann eine Rolle spielte, wenn ich ein Hals-, Nasen- oder Ohrenproblem hatte. Ist es da ein Wunder, dass das erste Gefühl, an das ich mich erinnern kann, das Gefühl war, unsichtbar zu sein? Gleich gefolgt von dem Gefühl, unwichtig zu sein. Ich sehnte mich nach der einfachen Frage „Wie geht es dir?“, denn diese Frage wäre der Beweis dafür gewesen, dass für meine Eltern die Möglichkeit bestand, dass mir etwas fehlen könnte. Und das wäre der Beweis für mich gewesen, dass ich für sie existierte. Aber meine Eltern dachten gar nicht daran, mir diese Frage, die ausschließlich für ihre Patienten bestimmt war, zu stellen. Und sie dachten auch nicht daran, mir beim Erwachsenwerden zu helfen. Dafür gab es Olga.

Ein paar Jahre lang glaubte ich, dass Olga meine eigentliche Mutter sei, während ich meine Mutter für eine Zweitmutter hielt. Eine Sicherheits- und Ersatzmutter für eventuelle Ausfälle der Erstmutter. Das machte doch Sinn. Wozu hatte man sonst zwei Mütter?

Olga war ausgebildete Elektroingenieurin und kam aus Petersburg. Schwarzes Haar. Schwarze Knopfaugen. Klein und rund mit dickem Busen. Sie kochte, putzte, holte mich vom Kindergarten und später von der Schule ab, brachte mich ins Bett und sang mich mit ihrem unerschöpflichen Repertoire an traurigen Wolgaliedern in den Schlaf. Und obwohl es meine Zweitmutter verboten hatte, sprach sie russisch mit mir.

Olga war im Umgang mit Kindern völlig ungeeignet, aber sie spielte ihre Rolle so geschickt, dass meine Eltern dachten, in ihr ein loyales, zuverlässiges Kindermädchen gefunden zu haben, dem sie ihre kleine Tochter Tag und Nacht anvertrauen konnten. Sie hatten keine Ahnung!

Meine Erstmutter hieß eigentlich Swetlana, manchmal aber auch Julia oder Cora. Sie hatte gleich mehrere heimliche Verlobte, die sich abwechselnd und ohne voneinander zu wissen in ihrem Dachzimmer aufhielten. Und jedem erzählte sie eine andere Version ihrer und meiner Existenz.

Ich war ihr Kind oder ihre kleine Schwester oder ein Findelkind, und manchmal war ich auch ich. Hieß dann aber nicht Jane, sondern Dunja.
Ich war Verbündete. Und zuverlässiges Alibi. Und ich schwieg, denn Olga hatte gedroht, mich sonst wie ein kleines Kätzchen zu ertränken.
Ist es da nicht verwunderlich, dass ich schon sehr früh zutiefst verunsichert war und mir große Sorgen machte, denn die Art und Weise, wie meine drei Eltern mit mir umgingen, zeigte, dass sie von keinem arterhaltenden Instinkt geleitet wurden, sondern offensichtlich unberechenbar und irr waren.
In den dunklen Jahren meiner Pubertät träumte ich davon, nach London abzuhauen, um in einer Bar als Sängerin und nebenhöhlenverstopfte Kettenraucherin zu arbeiten, und Olga versprach, mir bei meiner Flucht zu helfen, denn ihr Onkel Wanja, der eigentlich Sergej hieß, arbeitete in London als Türsteher einer Piano-Bar und verfügte in der Szene über hervorragende Kontakte.
Sie versprach mir hoch und heilig und bei ihrer russischen Seele, mich niemals zu verraten, und ich hatte keine Ahnung, dass „niemals" für Olga und ihre russische Seele unter ungünstigen Bedingungen auch „jederzeit" bedeuten konnte, denn nur ein paar Stunden später opferte sie mich und meinen Traum für einen Schwarzen Peter.
Meine Eltern saßen, in HNO-Fachliteratur vertieft, vor dem Kamin, während Olga und ich Karten spielten, und soweit die hormonelle Struktur meiner Pubertät es zuließ, war ich bestens gelaunt und spürte sogar einen zaghaften Glücksmoment, denn meine Chancen,

endlich einmal eine Partie Schwarzer Peter gegen Olga zu gewinnen, waren hervorragend. Triumphierend und nichts von ihrem perfiden Ablenkungsmanöver ahnend, blickte ich in ihre kleinen wütenden Knopfaugen, die wie Zündholzköpfe jede Sekunde in Flammen stehen konnten, als sie plötzlich von meinem geheimen Fluchtplan erzählte.
Meine Mutter, eine kleine drahtige Frau, die ihre Haare zu einer seltsam verwickelten Schlange hochgesteckt hatte und eine unübersehbare Vorliebe für karierte Kleider und festes Schuhwerk besaß, sah mich ungläubig durch ihre dicken Brillengläser an, und wie immer, wenn sie einen Satz mit „Ich denke ..." beginnen wollte, wurde sie sofort von meinem Vater unterbrochen:
„Jane", sagte er in einem Ton, in dem man Geisteskranke beruhigt, „welche Band will eine zwölfjährige Sängerin in der Pubertät? Deine Stimmbänder sind doch noch gar nicht in der Lage, einen echten Ton hervorzubringen. Und im Übrigen haben Freiheit und Abenteuer nichts mit Entfernung zu tun. Sie finden entweder in dir statt. Oder gar nicht."
Dann lächelte er hygienisch wie Dr. Best auf der Zahnpastatube und widmete sich, ohne mich eines weiteren Blickes zu würdigen, wieder seinem Lieblingsbuch: „The Electronic Nose".
Olga triumphierte und strahlte mich breit grinsend an, denn ihr war es währenddessen gelungen, den Schwarzen Peter einzutauschen, und während meine Mutter ihr zur gewonnenen Partie gratulierte und mein Vater sich ein Gläschen Sherry einschenkte, löste ich mich auf und verschwand, ohne dass es irgendjemanden interessiert hätte.

Olga war ab sofort nicht mehr meine Erstmutter, und meine anderen beiden Eltern hatten mir zwar das Leben geschenkt, da sie aber nicht im Entferntesten daran dachten, mir eine Gebrauchsanweisung dafür zu geben, waren sie genauso sinnlos wie Olga.

Wie ich schon erwähnt hatte, waren meine Eltern fanatische Spaziergänger. Querfeldeingänger. Und während ich in einen immer größer werdenden Abstand geriet und versuchte, sie nicht aus den Augen zu verlieren, sprachen sie im Gleichschritt über ihre Patienten, die Krankheiten ihrer Patienten und die Medikamente, die sie ihren Patienten verschrieben. Wenn sie nicht über ihre Patienten und deren Krankheiten sprachen, sprachen sie über den Geschmacks- und Geruchssinn im ethnologischen Diskurs, ontogenetische Aspekte der olfaktorischen Mustererkennung oder ihre Kognitions- und Diskriminationsleistungen. Ab und zu blieben sie stehen, weil sie etwas in ihrem Gespräch an mich erinnert hatte, und warteten auf mich. Ich kann nicht sagen, was schlimmer für mich war. Ihr Gehen oder ihr Warten. Ich hatte so oder so ein elendes Gefühl. Und wenn ich dann endlich neben ihnen stand, taten sie, als wäre ich von einem anderen Stern, und stellten mir so irrsinnige Fragen wie zum Beispiel:
„Siehst du das, Jane? Was könnte das sein?“
„Ein Strauch ...?“, antwortete ich zögernd und nach einer kurzen Pause des Nachdenkens, denn die Frage irritierte mich, war es doch unverkennbar ein Strauch, der da in der Landschaft stand.
„Ja! Ein Strauch, Jane! Aber was für ein Strauch?“ wollte mein Vater wissen. Ich hatte keine Ahnung, was

da für ein Strauch vor mir stand, und zuckte mit den Schultern. „Ein Haselnussstrauch?“ versuchte ich es noch einmal, um irgendetwas zu sagen und diesem Strauchverhör zu entkommen.
„Nein, Jane! Das ist ein Strauch in deiner Nase!“ rief mein Vater entzückt und klatschte vor Begeisterung in die Hände, und meine Mutter nickte zustimmend und sah aus wie einer dieser Hunde, die im Wagenfond unaufhörlich mit dem Kopf wackeln. „Stell dir vor, dass an jeder Riechzelle in deiner Nase ein Büschel aus feinen Sinneshärchen wächst ... Und dieses Gestrüpp reicht in deine Nasenschleimhaut hinein Und-sieht-so-aus-Jane! So sieht es aus! In deiner Nase!“
Und dann schwieg er und sah zufrieden auf das Gebüsch, und meine Mutter blickte stolz und nahm seine Hand, und ich ließ meine Eltern vor ihrem Nasengebüsch stehen und tat mir leid. Warum musste ausgerechnet ich solche Eltern haben? Warum konnten sich meine Eltern nicht über ihr neues Auto, das Fernsehprogramm oder meine schlechten Schulnoten unterhalten? Warum nörgelten sie nie an mir herum? Warum bemerkten sie nicht, dass ich im Dezember bei Minusgraden nur ein T-Shirt trug? Warum war ich ihnen so egal?!
Ich ging zwischen den Wiesen, Feldern und dem Gestrüpp der Sonntagsspaziergänge verloren. Verlor mich zwischen dem hygienischen Dr.-Best-Grinsen meines Vaters, dem Schattentauchen meiner Mutter und all den anderen unzähligen Sinnlosigkeiten des Alltags.
In dieser Zeit zeichnete ich mich als eine in der Luft schwebende riesige schwarze Nase mit zwei Ohren.

Ich, Jane Terry, die schwarze schwebende Nase, lebte in einem schicken Reihenhäuschen, in dem alles vermieden wurde, was die Schleimhäute reizen könnte, und wartete darauf, erwachsen zu werden.

2

Als wäre er vom Himmel gefallen, steht der junge Mann bis zu den Knien im grünen Gras, und ich frage mich, wie er dahin gekommen ist. Hat er beim Kofferpacken zu lange überlegt und deswegen das rettende Raumschiff in eine andere Galaxie verpasst?
Ich kenne das Gefühl, etwas zu verpassen, sehr gut, und ich kenne das Gefühl, in einer großen Wiese zu stehen, auch sehr gut. Aber nicht mit einem Koffer in der Hand. Mit einem Koffer habe ich ein Ziel. Dieser Typ sieht aber nicht so aus, als ob er ein Ziel hätte.
Seine großen braunen Augen schauen mich an, als ob es meine Schuld wäre, dass er dasteht, und je länger ich ihn ansehe, um so vorwurfsvoller wird sein Blick und trifft mich stechend und spitz wie eine Voodoo-Nadel genau da, wo es weh tut.
Da, wo seine hilflose Verlorenheit mich so sehr an meine eigene erinnert.
Langsam gehe ich an den verschnörkelten, offen stehenden Flügeltüren des Odeon-Kinos vorbei und sehe in das menschenleere Foyer mit dem aus dunklem Holz getäfelten eigenartigen Kassenschrankraum, der zwischen den Kinosaaleingängen an der Wand steht und so klein ist, dass er umgelegt auch ein Sarg sein könnte. Ein Kassenschrankraumsarg. Mit einer schmalen Tür und einem Spitzbogenfenster aus Milchglas, das fast

ganz nach oben geschoben ist und den Blick freigibt auf meinen alten Freund Fred Leibowitz, der wie aus Holz geschnitzt dasitzt und aussieht wie eine lächelnde Marionette, die zwischen den Auftritten in den Seilen hängt. Aber ich weiß, dass seine Augen zu schwach sind, um mich zu erkennen, und sein Lächeln nicht mir gehört, sondern irgendwo zwischen uns, in einer verschwommenen Masse aus Licht und Schatten, endet.
Ich traf Fred das erste Mal an einem Samstagnachmittag vor zehn Jahren, als ich auf der Suche nach einem Ort war, der mich verschlucken konnte, denn Peter hatte schrecklich viel zu tun und verbrachte schon das vierte Wochenende im Büro, und ich hatte viel zu viel Zeit und wusste nicht so recht, wohin mit mir. Verloren und einsam schlich ich durch die kleinen Seitenstraßen des Kurfürstendamms, als ich endlich das Odeon-Kino entdeckte und sofort wusste, dass ich einen Ort gefunden hatte, an dem ich so sein konnte, wie ich mich fühlte.
Für mich gibt es nämlich Orte, an denen man so sein kann, wie man sich fühlt, und Orte, die nur so tun als ob, und ich habe die Theorie, dass so viele Menschen deswegen „So-als-ob-Orte" aufsuchen, weil sie glauben, diese Orte könnten ein für sie verlorengegangenes Gefühl wieder zurechtrücken. Oder zurückrücken. Wie die Heuschrecken überfallen sie So-als-ob-Bars, -Diskotheken, -Bierzelte, -Riesenräder und nehmen ganze Städte wie Paris, Rom oder Venedig in die Verantwortung. Aber auch kleine Inseln mit Palmen drauf, Clubhotels mit Animationsprogramm, Fitnesscenter und Beautysalons sind sehr beliebt und stehen hoch im Kurs. Als ob man zu einem Gefühl reisen kann!

Für mich sind die ehrlichsten Orte Parkhäuser, und der Beweis dafür ist, dass niemand mit seinem Partner in ein Parkhaus fährt, um seine Ehe zu retten.
In Freds Kino fühlte ich mich geborgen, obwohl der erste Eindruck diesem Gefühl widersprach, denn an diesem Samstagnachmittag stand ich ganz allein im Foyer und wunderte mich, dass die Kasse in dem kleinen Kassenschrankraum offenstand und weit und breit kein Mensch zu sehen war.
Anscheinend machte sich hier niemand Gedanken, dass etwas geklaut werden könnte, und es war genau dieser Umstand, der mir höchst verdächtig erschien, war ich doch eine ausgebildete RV-Kommissarin der Generation „Aktenzeichen XY ... ungelöst" und dachte sofort an Raub. Mord. Und Überfall.
Hielt der Täter dem Opfer in diesem Augenblick die Waffe an die Schläfe und befahl ihm zu schweigen? Oder war das Opfer schon tot? Und die Waffe schon lange auf mich gerichtet?
Langsam und leise trat ich näher an die Kasse und atmete erleichtert auf, als ich das Wechselgeld sah.
Aber meine Entspannung war nur von kurzer Dauer, denn neben der Kasse auf dem Tresen entdeckte ich einen altmodischen Klingelknopf, vor dem ein abgegriffener Karton lag. Nur mühsam gelang es mir, die mit blauer Tinte geschriebene, zittrige Keilschrift zu entziffern: „Bitte klingeln, Augen schließen und langsam bis sieben zählen. Wenn ich bis dahin nicht vor Ihnen stehe, schenke ich Ihnen eine Freikarte." Und in Klammern und in sehr kleiner Schrift stand darunter: „Aber nur wenn Sie laut zählen!"
Zögernd sah ich mich um, denn ich wollte meine

Augen nicht schließen, und schon gar nicht wollte ich laut bis sieben zählen. Ich wollte nur ins Kino gehen. Und während ich überlegte, wer sich so etwas Blödes einfallen ließ, wanderte mein Blick misstrauisch über den Plafond, in die vom Staub ergrauten Ecken der vom Zigarettenrauch vergilbten Wände und suchte die Überwachungskamera, die wahrscheinlich gerade mein verzagtes Zaudern in fünfundzwanzig Bildern pro Sekunde festhielt. Und ich in einer dieser Fernsehsendungen, in der Menschen vom Pferd fallen, sich den Hals brechen, immer nass werden und sich besonders lächerlich anstellen, zu sehen sein werde und die halbe Welt beim Abendessen zusieht, wie ich mit geschlossenen Augen klingelnd bis sieben zähle und weiße Farbe oder irgendetwas anderes auf mich fällt. Mich umhaut. Nass macht. Zu Tode erschreckt.
Aber ich konnte keine Kamera entdecken, und weil ich nicht nach Hause und auch in kein anderes Kino gehen wollte, ging ich langsam an der Wand entlang und hoffte, auf diese Art und Weise doch noch einen Menschen zu entdecken, der mir helfen würde. Einen braunhäutigen, braunhaarigen, braun gekleideten Menschen zum Beispiel, den ich bis jetzt übersehen hatte, weil er bewegungslos vor der dunkelbraunen Holzvertäfelung stand. Aber da war niemand. Ich war ganz allein. Und wollte in dieses Kino, also musste ich auf den kleinen weißen Klingelknopf drücken.
Ich schloss die Augen, und der widerlich krächzende Ton übertraf meine schlimmsten Erwartungen. Die Vorstellung, dass mich jemand durch die großen Fenster von der Straße aus beobachten könnte, ließ mich vor Verlegenheit ganz krumm dastehen, als mich nach

ein paar Sekunden endlich eine mächtige Stimme unterbrach.
„Sie können Ihre Augen jetzt öffnen, mein Kind! Guten Tag. Ich bin Fred Leibowitz."
Vor mir stand ein kleiner, drahtiger Mann, der in der linken Hand ein eingerolltes Kinoplakat hielt und um das Handgelenk der rechten ein riesiges, knallrotes Nadelkissen trug. Sein dichtes weißes Haar war in der Mitte gescheitelt und lag wie frischer Schnee auf seinem ovalen Kopf, und seine kleinen hellblauen Augen blickten verschmitzt in mein überraschtes Gesicht. Er trug ein Tweedjackett und eine verbeulte cognacfarbene Cordhose. Das karierte Hemd mit dem mir aus England so vertrauten abgewetzten Hemdkragen war tadellos gebügelt, und in seinen schon etwas abgetragenen, aber glänzend geputzten Schnürschuhen spiegelte sich das gelbe Licht der kleinen Glühbirnen, die wie Perlen aufgereiht überall von der Decke hingen.
„Guten Tag. Ich bin Jane Terry", antwortete ich und versuchte ein Lächeln, das mein holpriges Deutsch wiedergutmachen würde. Fred klemmte das Plakat unter den linken Arm, nahm mein Geld und gab mir dafür eine Kinokarte. Dann griff er nach meiner Hand und gab mir einen Handkuss, der mich in ein anderes Jahrhundert katapultierte.
„Miss Terry Jane, würden Sie mir die große Freude bereiten und mir bei der Montage dieses Plakates behilflich sein?" schnurrte er wie ein alter Kater, und noch bevor ich antworten konnte, zog er die Papierrolle wie einen Degen unter seinem Arm hervor und zeigte damit auf eine bestimmte Stelle an der gegenüberliegenden Wand. Für seine Körpergröße hatte Fred Leibowitz

enorme Hände, die eher zu einem Riesen als zu seiner zierlichen, eleganten Figur passten.
Während ich das Plakat aufrollte, holte er eine uralte Holzleiter, die so wackelig auf dem Boden stand, dass ich niemals freiwillig einen Fuß daraufgesetzt hätte. Und noch bevor ich etwas sagen konnte, stand ich schon auf der letzten Sprosse und hielt das Plakat so gerade ich konnte gegen die Wand.
„Rechts ein bisschen höher. Links ein bisschen runter. So ist es sehr gut!" korrigierte Fred, und als ich mit zitternder Hand die Nadeln in die Tapete bohrte, wollte er wissen, wie ein so hübsches junges Fräulein so allein ins Kino gehen könne und wo denn Miss Terry Man sei und ob es einen Miss Terry Man gebe.
Ich erzählte von Miss Terry Man, der schrecklich viel zu tun hatte. Als junger Anwalt und mit dem ehrgeizigen Ziel, Partner zu werden. Und als das Plakat endlich an der Wand hing und ich wieder festen Boden unter meinen Füßen hatte, tranken wir zur Feier des Tages ein Gläschen Sherry. Und noch eines. Und noch eines. Und ich sprach von den nie enden wollenden Sonntagsspaziergängen und dem HNO-Universum meiner Eltern. Von meiner Hebamme Mr. Cox und wie unglücklich ich war, weil ein unsichtbares Pfeifen in seinem Ohr eine Freundschaft zwischen uns unmöglich machte, und erzählte von Olga und dem Tag, an dem ich, die schwarze schwebende Nase, beschloss, unsichtbar zu werden.
Ich redete wie ein Wasserfall, und die Abendvorstellung war längst zu Ende, als meine Worte versiegten und sich ein angenehm unbekanntes Gefühl der Leichtigkeit in mir ausbreitete.

Es war lange nach Mitternacht, als wir uns für den späten Nachmittag zum Tee verabredeten. Und von da an sahen wir uns jeden Tag. Sprachen über alles und nichts. Gott und die Welt. Und dazu aßen wir Wiener Würstchen, Buletten mit Kartoffelsalat oder Popcorn. Irgendwann zeigte mir Fred sein privates Filmarchiv. Ich durfte mir die Filme aussuchen, die ich sehen wollte, und dann saßen wir ganz allein in dem mit goldenem Stuck verzierten Kinosaal auf den dunkelroten samtbezogenen Klappstühlen, und ich war überrascht, dass ich die alten Filme mochte. Trauerte um James Dean, küsste Rock Hudson, war eifersüchtig auf Elizabeth Taylor oder wäre gerne wie Katharine Hepburn gewesen, als sie Gregory Peck eine knallte, weil ihr die Worte fehlten.

Als der Film zu Ende war und sich der dunkelrote Vorhang aus schwerem, von Motten zerfressenem Brokat vor die Kinoleinwand schob, applaudierten wir, und während sich das vorsichtige Licht des riesigen Kronleuchters ausbreitete, fühlte ich mich wie ein Stück Würfelzucker in einer Zuckerdose aus dem achtzehnten Jahrhundert, denn daran erinnerte mich Freds Kino.

Obwohl Fred gern und viel erzählte, sprach er nie von sich, und selbst als wir uns schon fast ein Jahr kannten, wusste ich von ihm nur, dass er 1933 in Berlin geboren war und allein lebte.

Es war die Art und Weise, wie er sprach. So zaghaft und zerbrechlich, dass ich nicht nach dem Wie und dem Warum in seinem Leben fragte. Denn ich befürchtete, schon der kleinste Ausflug in die Vergangenheit könnte die zerstörerische Kraft einer Elefantenherde im Porzellanladen haben.

Erst viel später, als unsere Gespräche unverzichtbare Reichtümer geworden waren, erzählte Fred von seinen Eltern, die ein kleines Schuhgeschäft in Charlottenburg gehabt hatten. Und von seinen beiden wunderhübschen Schwestern, die, obwohl jünger, viel klüger waren als er. Sie wohnten im vierten Stock eines herrschaftlichen Wohnhauses, und Fred hatte sogar ein eigenes Kinderzimmer, um das ihn seine Schwestern beneideten, und eine Eisenbahn, die echten Rauch ausspuckte.

Aber dann kam der 23. November 1944.

Fred war wie jeden Tag bei einem Freund gewesen und hatte die Zeit vergessen, als das Heulen der Sirenen losging, und obwohl ihm seine Mutter verboten hatte, bei einem Luftangriff nach Hause zu laufen, riss er sich vom Arm seines Freundes los und machte sich auf den Weg. Und weil die Häuser zwischen dem Opernhaus und dem heutigen Ernst-Reuter-Platz bereits lichterloh brannten und auch der Mittelstreifen voll brennender Möbel war, musste er sich seinen Weg auf der zum
Teil verschütteten Straße suchen. Der kalte Wind vermischte die im Rauch fliegende Asche mit unzähligen Papierfetzen, die durch die Luft segelten. Fred konnte sich nur mühsam fortbewegen und sah, während er über all den Schutt und all die leblosen Körper sprang, die wie mit Puder bedeckt dalagen, nicht auf den Boden. Nicht zurück. Wollte nur zu seiner Mutter, um sie und seine Schwestern nie mehr allein zu lassen.

Als er über eine tote Frau, die auf einem Kind lag, steigen musste, trat er versehentlich auf dessen kleine Finger, und noch heute packt ihn das blanke Entsetzen,

wenn er an dieses grauenhaft schreckliche und nicht zu beschreibende Gefühl im Fuß denkt, und er kann nichts Weiches mehr betreten, ohne an diese kleine Kinderhand denken zu müssen.
Obwohl die schmalen Straßen gefährlich waren, nahm er die Abkürzung durch die Schlüterstraße. Musste aber schon nach ein paar Metern stehenbleiben, denn zwischen all dem Chaos rannten sechs brennende Pferde blind und rasend vor Schmerz auf ihn zu.
Ein paar beherzte Männer versuchten die Tiere einzufangen, um ihr mit Phosphor getränktes Fell zu löschen, und für einen Moment verließ Fred die Angst, weil das Staunen so übermächtig Besitz von ihm ergriffen hatte, dass er gar nicht glauben konnte, was er sah. So unecht und fern wirkte dieses Bild. Es ließ ihn hoffen, dass es vielleicht doch nur ein böser Traum war, aus dem er bald erwachen würde.
Aber das widerliche Pfeifen der einschlagenden Bomben machte klar, dass er nicht schlief. Und als er endlich das Haus, in dem er wohnte, sehen konnte oder vielmehr das, was übriggeblieben war, blieb er kurz stehen, um Luft zu holen. Da riss ihn ein furchtbares Krachen in die Höhe, und während der ekelhafte Karbid- und Kalkgeruch seinen Magen umdrehte, spürte er Steine und Schutt unter und über sich und rang nach Luft.
Als er wieder zu sich kam, lag er mit unzähligen gebrochenen Knochen im Kinderkrankenhaus Wilmersdorf. Und weil er absolut still liegen musste, hatten ihn die Schwestern an den Gitterstäben seines Kinderbettes festgebunden. Nur den Kopf konnte er drehen, und durch die raumhohen Fenster sah er auf die

Straße und glaubte Schnee zu sehen. Freute sich auf Weihnachten, wenn er wieder zu Hause bei seiner Mutter und seinen Schwestern sein würde, und wünschte sich so sehr, dass auch sein Vater da sein würde. Aber der Schnee war Funkenflug.
In der darauffolgenden Nacht heulten die Sirenen, und die Schwestern und Ärzte packten die Kinder ein und flüchteten in den Luftschutzkeller. Aber für Fred wäre der Transport in der Dunkelheit und dem Durcheinander zu gefährlich gewesen. So blieb er mutterseelenallein in seinem Gitterbett, das die Schwestern notdürftig mit Brettern abgedeckt hatten, und sah hinaus in den zuckenden Himmel und drückte Kurt, das Nilpferd, das seine Mutter aus Wollresten für ihn gestrickt hatte, fest an sich.
Viele Jahre hatte Fred keine Worte und keine Tränen für diese schreckliche Zeit. Aber dann wurde ihm klar, dass er sich entscheiden musste, ob er an seinem Schweigen ersticken und in den nicht geweinten Tränen ertrinken oder leben wollte. Und er entschied sich für das Leben.
Fred vergleicht das Leben mit einem langen Riss, der den Abgrund der Vergangenheit an beiden Rändern zusammenzieht. Und je geschickter es gelingt, die Ränder zusammenzuziehen, um so unsichtbarer ist der Abgrund. Aber er ist immer da, und nur die Freiheit der Wahl und das daraus entstehende Glück lassen uns den Abgrund vergessen.
In dieser Revolte gegen das Absurde sieht Fred den Sinn des Lebens.
Dass ich in meinem Leben keinen Sinn erkennen konnte, weil mich die Absurdität meiner Kindheit aus

den üblichen Zusammenhängen katapultiert hatte, so dass ich eines Tages beschloss, unsichtbar zu sein, konnte Fred sehr gut verstehen. Das war meine Art zu revoltieren. Meine Wahl. Allerdings hatte er den Eindruck, dass das daraus resultierende Glück bei mir nicht zu erkennen war und ich deshalb meine Revolte noch einmal überdenken sollte.

Und so wurde Freds kleine, mit Fotos und Büchern vollgestopfte Wohnung im hinteren Teil des Kinos meine Revoltiermanege.

„Meine Damen und Herren! Sie sehen nun die unsichtbare-Miss-Terry-Jane! Mit verbundenen Augen wird sie sich von einem zehn Meter hohen Turm todesmutig in die Tiefe stürzen und im freien Fall mit ihren Gefühlen jonglieren. Ich, Fred Leibowitz, bin hier, um sie aufzufangen und ihr all die Fragen zu stellen, nach denen sie sich immer gesehnt hat. Bitte begrüßen Sie mit einem Applaus Miss! – Terry!! – Jane!!!"

Ich war überglücklich. Fred wollte wissen, wie es mir geht. Was ich denke. Fühle. Sehe. Aber eines Tages stellte Fred eine Frage, mit der ich gar nicht gerechnet hatte: „Warum hast du geheiratet?"

„Weil ich von zu Hause wegwollte."

„Deswegen heiratet man doch nicht! Habt ihr euch nicht geliebt?"

Ich hatte gerade meine Schuhe ausgezogen und wollte meine Füße unter die großen Kelimkissen schieben, um es mir auf dem ausgebeulten Sofa so gut es ging gemütlich zu machen. Aber Freds Fragen verspannten mich, und ich zog meine Schuhe wieder an.

„Natürlich haben wir uns geliebt" sagte ich, während ich aufstand, um wie ein Puma im Käfig einmal zum

Bücherregal und wieder zurück zu gehen. „Aber irgendwann hat die Liebe aufgehört. Und keiner von uns beiden hat es gemerkt. Dass sie aufhört. Weil Liebe nicht zu den Dingen gehört, die wir im Leben lernen. Wir lernen lesen. Schreiben. Aber lieben? Das kommt irgendwann. Irgendwie. In der Pubertät. Und das ist auch der Grund, warum es auf diesem Planeten so aussieht, wie es aussieht." Als Fred meinen fragenden Blick mit Schweigen erwiderte, setzte ich mich wieder auf das abgewetzte dunkelbraune Ledersofa, zog meine Schuhe aus, schob die Füße unter die Kelimkissen und erinnerte mich daran, wie mir an einem Montag nach einem verregneten Wochenende zum ersten Mal klar wurde, dass ich einmal glücklich und verliebt gewesen war.

Peter war auf Geschäftsreise in Italien, und er fehlte mir. Aber dieses Mal fehlte er anders. Wie etwas Kaputtgegangenes, das immer noch Schatten wirft.

Fred gab mir eine graukarierte Wolldecke, und während ich sie mir über die Schultern legte, sagte er: „Liebe kommt nicht von selbst. Sich verlieben kommt von selbst. Aber das verwechseln wir sehr gern."

„Warst du jemals verliebt?" fragte ich und versuchte, die Decke so zwischen mich und das Sofa zu klemmen, dass sie nicht von meinen Schultern rutschen konnte.

„Ich überlasse es deiner Fantasie, diese Frage sinnvoll zu beantworten", erwiderte Fred, zog einen Bildband über Schmetterlinge aus einem Bücherstapel, der auf dem Fußboden lag, und blätterte darin. Ich schwieg und fand die Schmetterlinge in dem Buch schön sinnlos. Wie meine Ehe. Einige von ihnen lebten nur eine Nacht. Oder einen Tag. Und andere waren so schön,

dass man sie unbedingt einfangen wollte. Um sie in eine kleine Holzkiste zu nageln und sagen zu können: Gehört mir. Schau. Wie schön. Tot.
Mir ging, während ich auf Zitronenfalter und Nachtpfauenaugen sah, Freds Antwort nicht aus dem Kopf. Ich hatte keine Ahnung, was meine Fantasie Sinnvolles zu sagen hatte, denn mir fehlt, seit ich denken kann, die Phantasie, meinem Dasein einen Sinn zu geben. Das war auch der Grund, weswegen es mir nie gelang, eine eigene Vorstellung von meinem Leben zu haben. Mein Leben funktionierte nur, weil ich tat, was man von mir verlangte oder erwartete.

3

Dass ich Peter geheiratet habe, ist das Resultat eines Irrtums. Ich dachte, dass eine Ehe mein Leben nur positiv verändern könne, weil sie automatisch glücklich mache. Und schon die Frage „Willst du meine Frau werden?“ bedeutete, dass derjenige, der sie stellte, sich klar darüber war, dass er im Falle einer positiven Antwort für das Glück zuständig war. Ewige Liebe. Ewige Freude. Wahrheit. Verständnis. Nie wieder allein sein. Nie mehr verlorengehen.

Ich begegnete Peter zum ersten Mal in der Londoner City in einem Aufzug in der sechzehnten Etage, als ich von einem Bewerbungsgespräch kam, bei dem ich mich als Designerin für einen Lebensmittelkonzern, der bekannt war für seine schwer zu öffnenden, aber lustigen Verpackungen, vorgestellt hatte, und trug meine große Arbeitsmappe unter dem Arm. Peter war blass, um nicht zu sagen graugrün im Gesicht, roch nach Nikotin und trug einen unsäglichen braunen Nadelstreifenanzug mit rosaroten Streifen, ein rosarotes Hemd und eine rot-pink gestreifte Krawatte, aber das Auffälligste an ihm war sein Aktenkoffer, der durch eine Handschelle mit seinem Handgelenk verbunden war. Ich überlegte, was für wertvolle Unterlagen sich wohl in dem kleinen Koffer befanden und wie erbärmlich sich dieser Mann fühlen musste, wenn er an einen

Aktenkoffer gefesselt war, dessen Inhalt offensichtlich wertvoller war als er selbst. Da drängte sich eine kleine, fiese Panikattacke zwischen meine Gedanken und stellte mir die unangenehme Frage, wie schlimm es wohl wäre, mit so einem Lackaffen im Aufzug steckenzubleiben. Da tat es einen Ruck, und der Aufzug blieb zwischen der zwölften und der dreizehnten Etage stehen. Ich starrte auf die silberne Wandverkleidung und tat, als ob ich nicht da wäre. Tat, als wäre alles in Ordnung. War unsichtbar. So stand ich zehn Minuten oder länger, als Peter plötzlich sagte:
„Ich habe noch nie in meinem Leben jemanden so ... Unvorhandenen getroffen ... wie Sie."
Ich bedankte mich kurz und bündig für das Kompliment und schwieg dann wieder, worauf Peter nach einer kleinen Pause erklärte, dass er das eigentlich gar nicht als Kompliment gemeint habe, und während ich überlegte, wie er es denn dann gemeint haben könnte, zog er eine Visitenkarte aus der Innentasche seines Jacketts.
„Darf ich mich vorstellen? Peter Frame."
„Jane Terry", sagte ich und fand, dass unsere Namen sich wie die einer Folklore-Tanzgruppe aus den Siebzigern anhörten, als Peter bestimmt achtmal hintereinander so stark niesen musste, dass der Fahrstuhl wackelte und ich panische Angst bekam.
„Können Sie damit bitte aufhören?" schrie ich und wollte mich in derselben Sekunde entschuldigen. Aber Peter kam mir zuvor und erklärte mir, während ich seine Nase zuhielt, um ein weiteres Niesen zu unterdrücken, dass er in Aufzügen immer niesen müsse, weil die Luft so trocken sei, vermutlich sei der Elektrosmog daran schuld.

Nachdem der Niesanfall sich endlich gelegt hatte, gab ich ihm ein Taschentuch und empfahl ihm die Praxis meiner Eltern. Dann tat es einen Ruck, und der Aufzug fuhr wieder.
Ein paar Wochen später traf ich Dr. Frame bei uns zu Hause und war ziemlich überrascht, als ich hörte, dass mein Vater ihn zum Abendessen eingeladen hatte, weil er Dad's liebster Patient geworden war und die beiden sich so prächtig verstanden, dass mein Vater sich in Peters Nase mittlerweile besser auskannte als in meinem Leben.
Peter erzählte mir zu einem späteren Zeitpunkt, als wir schon einige Male ausgegangen waren, dass er mich im Aufzug zwar sehr hübsch, jedoch als Frau völlig ungeeignet fand. Und er sich an diesem Abend in mich verliebt hatte, als wir Steaks mit grünen Erbsen und Bratkartoffeln aßen und das Gespräch auf zeitgenössische Kunst kam, weil mein Vater behauptete, Kunstepochen an den jeweils dargestellten Nasen zu erkennen. Vor allem Picassos Nasen seien eine große Herausforderung für jeden HNO-Arzt. Unerschöpflich. Einfach genial!
Peter fand das auch, denn Picasso war sein Lieblingsmaler. Leidenschaftlich und wild gestikulierend, dann wieder ernst und nachdenklich erzählte er von Picassos „Ma Jolie". Wie unglaublich berührend dieses Bild doch sei. Und doch so fordernd. Und irritierend zugleich. Ein Meisterwerk. Und plötzlich konnte er seinen Blick nicht mehr von mir lassen. Ich merkte davon nichts, denn mich langweilte dieses Gequatsche über Nasen. Ich war damit beschäftigt, auf meinen Teller zu starren und die Erbsen, die ich nicht aufgegessen

hatte, zu zählen, zu teilen und zu multiplizieren. So lange, bis meine Eltern und Peter endlich mit ihrem Essen fertig waren und das Gespräch über Nasen in der bildenden Kunst vor dem Kamin bei einem Gläschen Whisky weiterführen wollten. Es war auch höchste Zeit, denn meine Erbsen waren inzwischen Püree und der ursprünglich weiße Rand meines Tellers mit grünen Erbsenpüreepunkten übersät.

„Das sieht wie ein diphtherieeitriger Rachen aus", diagnostizierte meine Mutter im Vorübergehen und legte ihre weiße Papierserviette darauf, bevor sie breit lächelnd Peter ansäuselte, ob er seinen Whisky mit oder ohne Eis möge. Peter wollte seinen Whisky mit viel Eis und sagte, nachdem er einen kurzen Blick auf meine Erbsenpüreepunkte geworfen hatte:

„Wussten Sie übrigens, dass ‚Ma Jolie' im wirklichen Leben Eva hieß und an Tuberkulose gestorben ist?"

Mein Vater war beeindruckt, meine Mutter verzückt und ich verzweifelt. Und so verging der Abend irgendwie und ohne mich, obwohl ich dasaß und die ganze Zeit in das lodernde Feuer des Kamins starrte und überlegte, wie ich das alles verstehen sollte.

Zwei Tage später rief Peter an, weil er mich unbedingt wiedersehen wollte, und wir trafen uns in einem Londoner Café, wo er mir bei Kuchen und Tee meine große Ähnlichkeit mit „Ma Jolie" gestand. Ich fühlte mich geschmeichelt. Allerdings war dieses wunderbare Gefühl nur von kurzer Dauer, denn als ich in einem Kunstbuch ihr Bild entdeckte, war ich nicht nur enttäuscht, sondern auch zutiefst irritiert, denn „Ma Jolie" ist praktisch nicht vorhanden und physisch so sehr in Quadrate, Flächen, Linien und Schattierungen auf-

gelöst, dass man so gut wie nichts mehr an ihr erkennen kann.
Auch keine Nase!
Als ich Peter bei einem der nächsten Rendezvous darauf ansprach, meinte er, dass genau das ihn so sehr an mir fasziniere und ich sein weiblicher analytischer Kubismus sei. Ich war sprachlos, und Peter versicherte mir, dass er mir gerade ein riesiges Kompliment gemacht habe.
Zwölf Monate später wurde ich Mrs. Jane Terry-Frame, und ein halbes Jahr nach unserer Hochzeit bekam Peter das Angebot, seine Anwaltskanzlei in Berlin zu vertreten.
Ich mochte Berlin und die Berliner und war beeindruckt von ihrer körperlichen Größe, aber noch mehr faszinierten mich ihre großen Füße und die großen Wohnungen.
Unsere Wohnung fanden wir in Charlottenburg in einem sehr schönen Jugendstilhaus. Für englische Verhältnisse war sie gigantisch. Londoner wohnen ja zumeist in kleinen, mit Teppichboden ausgelegten, übereinander gestapelten Schachteln. Mit Garten. Wenn man Glück hat, bewohnt man so ein verschachteltes Haus allein, und wenn man Pech hat, bewohnt man nur die Schachtel im Keller. Im Vergleich dazu leben die Berliner auf großem Fuß. Große, hohe Räume, die ineinander übergehen. Flügeltüren, die fast so breit sind wie englische Wohnzimmer. Mit Stuck verzierte Decken. Doppelt verglaste Fenster. Küchen, Zentralheizungen und Bäder, die funktionieren. Wasserhähne, aus denen warmes und kaltes Wasser zugleich kommt. Nur fragte ich mich, wo all die Berliner waren, denn

im Vergleich zu London wirkten die Straßen menschenleer, und nach eingehender Betrachtung der Lage entwickelte ich die Theorie, dass, wären die Wohnungen in Berlin so winzig wie die in London, die Straßen in Berlin nicht so menschenleer wären. Die Berliner können ihre Freizeit auch zu Hause verbringen, ja sogar Freunde zu sich nach Hause einladen und sich immer noch in ihren eigenen vier Wänden aus dem Weg gehen, während der durchschnittliche Londoner, wenn er Freunde treffen will, in den Pub und wenn er sich bewegen will, auf die Straße oder in den Park gehen muss.
Peter bat mich, diese Theorie für mich zu behalten, und auch das mit der Größe sollte ich nicht erwähnen. Er wollte ja schließlich Karriere machen. Und ich doch auch. Oder? Ich hatte keine Ahnung, was ich wollte, aber ich schwieg, denn mein Berliner Leben war im Vergleich zu dem in London um Klassen besser geworden.
Meine energiesparende Ehe ließ mir genug Platz für meine Unsichtbarkeit. Die Sonntagsspaziergänge und meine Eltern waren in sicherer Entfernung, und zum ersten Mal in meinem Leben schlich ich nicht geräuschlos über dick wattierte Teppichböden, sondern hörte meine Schritte auf dem hölzernen Parkettboden. Ich war akustisch vorhanden.
Aber dann kam Peter eines Abends nach Hause und erzählte mir während des Werbeblocks zwischen *Wer wird Millionär* und *Wer wird Millionär*, dass jeder hart arbeitende Mann zur Entspannung ein Hobby benötige und dass Ballonfahren schon immer eine große Faszination auf ihn ausgeübt habe und er sich diesen

Traum jetzt erfüllen werde. Ich freute mich über seinen Entschluss und fand den Gedanken, Berlin bald von oben zu sehen, sehr aufregend, hätte ich doch keine Ahnung, dass „der Ballonfahrer“ jede freie Minute in seinem Ballon hoch oben in der Luft verbringt, während „die Ballonfahrer-Ehefrau“ jede dieser freien Minuten ihrem Ehemann mit dem Auto hinterherjagt, um ihn auf irgendeinem Acker wieder einzusammeln. Und schon bald wurde mir klar, dass sich in meinem Leben nichts verändert hatte. Nur die Namen waren andere geworden.

4

Wie jeden Abend um diese Zeit zählt Fred die Tageseinnahmen. Schreibt das Datum und den Betrag in ein Heft. Legt die Münzen zurück. Und setzt sich mit dem Papiergeld in seiner rechten Hosentasche auf einen Klappstuhl, den er je nach Laune im Foyer platziert, um die Abendzeitung zu lesen.
Es ist noch nicht zu spät, um zu erfahren, wie der Koffer mit dem jungen Mann in die Wiese geraten ist. Aber dann müsste ich Freds vorwurfsvolle Kommentare in Kauf nehmen, weil er es nicht ausstehen kann, wenn ich mir halbe Filme ansehe, und mein Argument, dass Tragödien, Krimis und Horrorfilme auf diese Art viel besser zu ertragen sind, ist für ihn genauso indiskutabel wie meine Behauptung, dass halbierte Filme doppelt so lange dauern.
An dem Abend, an dem er bemerkte, dass ich absichtlich zu spät gekommen war, fragte er mich, ob ich auch auf die absurde Idee kommen würde, mich erst zum Orgasmus und danach zum Rendezvous zu verabreden, und die unzähligen Diskussionen, die wir über dieses Thema führten, endeten damit, dass ich halbe Filme heimlich in einem Kino in Schöneberg ansehe.
„Kleine Lügen erhalten die Freundschaft", hat mein Großvater einmal gesagt, und es war das erste und

letzte Mal, dass ich hörte, wie meine Großmutter widersprach:
„Viktor, deine Lügen haben lange Beine. Und lange Haare. Also was redest du von Freundschaft? Pass nur auf, dass dich von dem vielen kleinen Lügen nicht der Schlag trifft, bevor Pater Felicius dir die Beichte abgenommen hat!“ Und mit funkelnden Augen stellte sie ihm nicht wie üblich eine trinkwarme, sondern eine kochend heiße Tasse Kaffee vor die Nase, verschränkte die Arme vor der Brust und sah zu, wie mein Großvater sich die Zunge ganz fürchterlich verbrannte. Tagelang konnte er kein ordentliches „s“ aussprechen. Vom Küssen ganz zu schweigen.
Während ich penibel darauf achte, meine Fußspitzen immer vor einer Steinfuge zu platzieren, zähle ich die Schritte, die mich vom Odeon-Kino entfernen, und wünsche mir, dass die nächste Querstraße genau einhundert Schritte entfernt ist. Gleichzeitig nehme ich mir das Versprechen ab, danach mit dem Zählen aufzuhören, denn diese zwar nur noch gelegentlich auftauchende Zwanghaftigkeit ist ein gefährliches Spiel, das eine Zeit lang meinen Alltag ziemlich durcheinandergebracht hat, weil es für mein andauerndes Zuspät-Kommen verantwortlich war.
Es begann mit einem Kuss. Oder besser gesagt, mit der Sehnsucht danach. Als Billy Doyle mich wohlerzogen nach gutbürgerlichem Ritual von einer Tanzstunde nach Hause begleitet hatte und ich ihn wahnsinnig gern geküsst hätte. Aber die Kühnheit meiner Fantasie und die Tatsache, dass ein einziger Kuss mehr Viren übertragen kann als eine Fahrt in einem vollbesetzten U-Bahn-Waggon im November, hat mich davon ab-

gehalten, und statt Billy Doyle zu küssen, zählte ich meine Schritte so lange, bis die Versuchung vorüber beziehungsweise die Eingangstür unseres Hauses hinter mir ins Schloss gefallen war. Zum Glück hat Billy mich eines Abends einfach auf eine Parkbank gelegt, und so habe ich meinen ersten Kuss Billy Doyles Entschlossenheit und einem wolkenverhangenen Abendhimmel, an dem es nichts zu zählen gab, zu verdanken.

Ich erreiche den Randstein des Kurfürstendamms bei Schritt Nummer 99, und während ich auf eine autofreie Lücke warte, um die Straße zu überqueren, schiebt sich ein kantiger Gegenstand in meine Hüfte, der an einer missmutigen jungen Frau hängt, die ihre im Verhältnis zur Körpergröße viel zu große Kelly Bag offensichtlich nicht im Griff hat.
„Konstantin weiß ganz genau, dass ich ... Oh, Verzeihung ...", sagt sie genervt und wuchtet das genoppte Ledermonster so schwungvoll in die Kniekehle ihrer Freundin, dass diese auf die Fahrbahn stolpert und um Haaresbreite von einem Fahrradboten überfahren wird. Und, als wäre das Vernichten von Freundinnen im Straßenverkehr durchaus üblich, setzt sie ihren Monolog fort und stellt die bedeutende Frage:
„... wo war ich stehengeblieben, Lulu?" Lulu, die sich gerade noch rechtzeitig mit einem beherzten Sprung vor einem heranrasenden Bus auf den Gehsteig retten kann, sagt atemlos:
„Dass du ein noch schwerwiegenderes Problem hast als deine bescheuerte Handtasche!" und zieht ihren Bleistiftrock gerade.

„Genau! Ich kann es nicht ausstehen, wenn Konstantin ununterbrochen Zeitung liest, ohne mich auch nur einmal anzusehen. Und dann immer dieses: ‚Mmh ... Mmh ...' Statt auf meine Fragen zu antworten. Seit Tagen rede ich kaum noch ein Wort mit ihm, und er macht trotzdem ganz prohypnotisch immer wieder ‚Mmh ...' Auch wenn ich gar nichts gesagt habe!"
„Das heißt prophylaktisch", korrigiert Lulu, und als wir gemeinsam den Kurfürstendamm überqueren, erfahre ich, dass Männer ihre Konzentration nicht auf zwei Dinge gleichzeitig richten können und Frauen die komplexeren Wesen sind, weil sie abgesehen vom Kinderkriegen viel besser „reden und das Leben organisieren" können. Ja. Und wäre das „Mmh ..." der Männer ein „Ja, Schatz" oder ein „Ich liebe dich", wäre das Leben perfekt.
„Aber ein ‚Mmh ...' ist kein ‚ich liebe dich', und deswegen werde ich jetzt gar nichts mehr sagen", stellt Kelly-Bag-Almost-Killer-Girl fest, und ihr trotziges Gesicht macht unmissverständlich klar, dass sie eher bereit ist, still und leise im gnadenlosen Alltag einer unperfekten Welt zu verschwinden, als mit ihrem Mmh-Mann darüber zu reden.
Peter und mein Vater würden dazu sagen: „Das Erschrecken vor dem Nichts, das ja in den meisten Fällen bedeutet, nichts Gegenständliches zu erkennen, löst sich auf in der Konzentration auf das Kunstwerk und in der Beobachtung und Reflexion des Wahrnehmungsprozesses. Das Ergebnis ist das Reden über Nichts."
Ich kann dazu nur sagen: „Willkommen im Club der ehrgeizigen Schattentaucherinnen, fest entschlossenen Totstellperfektionistinnen, schweigenden Mauerblüm-

chen und anpassungsfähigen Chamäleondamen."
Als sich unsere Wege an der Uhlandstraße trennen, sehe ich in den Nachthimmel. Ein paar Sterne. Ein halber Mond. Dazwischen Regenwolken. Und ich denke an Fred, der meine Unsichtbarkeit mit der eines sterbenden Sterns vergleicht, der, obwohl er so sehr in sich zusammengefallen ist, dass er nicht mehr zu sehen ist, eine überraschende Anziehungskraft auf Materie ausübt. Mit Materie meint er, glaube ich, meinen gut sichtbaren und erfolgreichen Ehemann Peter.
Aber im Gegensatz zu meiner Großmutter, einer begnadeten Totstellperfektionistin, die der pure Überlebensinstinkt in die Unsichtbarkeit getrieben hatte, so wie ein Tier, das sich totstellt und nur deswegen am Leben bleibt; und zu meiner Mutter, einer exzellenten Schattentaucherin, die immer glaubte, alles besser zu wissen und besser zu können, ohne es jemals darauf ankommen zu lassen, aus dem Schatten meines Vaters zu treten, denn das hätte die harmonischen Lichtverhältnisse ihrer Ehe durcheinandergebracht, bin ich die erste Frau in unserer Familie, die sich bewusst unsichtbar gemacht hat.
Damals studierte ich im zweiten Semester Design an der London School of Modern Art, und weil es in meiner Londoner Mietschachtel keine Waschmaschine gab und ich chronisch pleite war, blieb mir nichts anderes übrig, als ein Wochenende im Monat bei meinen Eltern zu verbringen.
Ich hasste diese beiden Tage, die immer nach demselben Ritual verliefen, das nur durch Tod, schwere Krankheit oder eine Umweltkatastrophe außer Kraft gesetzt werden konnte.

Jedes Mal, wenn Ma mich mit ihrem verbeulten Ford vom Bahnhof abholte, erzählte sie mir auf dem Nachhauseweg, den Kopf leicht nach vorn gebeugt und den Blick hypnotisch auf die Fahrbahn gerichtet, was ich vor meinem Vater auf gar keinen Fall erwähnen dürfe, wobei das, was ich nicht erwähnen durfte, so absurd war, dass ich niemals auf die Idee gekommen wäre, darüber zu reden. Und während wir die immergleichen Straßen entlangfuhren, fragte ich mich, ob meine Eltern versehentlich durch eine schmale Ritze auf einen Nebenschauplatz unseres Planeten gerutscht waren, der sie glauben ließ, sie hätten mit dem Rest der Welt nichts zu tun, obwohl sie denselben Sauerstoff atmeten.
Je älter ich wurde, umso weniger ertrug ich ihr weltfremdes Verhalten, und der immergleiche skeptische Begrüßungsblick meines Vaters in meinen Rachen und sein immergleiches „Du siehst blass aus, mein Kind" nährten mein immer größer werdendes Verlangen, gleich wieder nach London abzuhauen.
Aber anstatt zu gehen, aß ich Lammrollbraten mit Kartoffelpüree und hörte, wie meine Eltern über ein neues, die Schleimhäute abschwellendes Medikament schwärmten. Und die Vermutung, dass es einen neuen bösartigen Virenstamm gab, der sich besonders gern in Schilddrüsen einnistete, ließ meine Mutter, während die Waschmaschine im Badezimmer über uns das Wasser abpumpte, erschaudern und erweckte in mir den Wunsch, mit meiner Bettwäsche zu tauschen. Denn mit tausend Umdrehungen pro Minute geschleudert zu werden, konnte nicht schlimmer sein, als mit meinen Eltern zu essen.

Den Nachmittag verbrachte ich mit dem Wasch- und Fernsehprogramm. Ma ging in den Supermarkt, um sich zu entspannen. Und Dad verschwand entweder im Gartenschuppen oder im Keller, um sich zu erholen.
So auch am 25. Mai 1991.
Im Fernsehen war Lassie gerade damit beschäftigt, ein Feuer, das in einem Holzhaus ausgebrochen war, zu löschen, als Dad an diesem Tag früher als sonst und betrunkener als normalerweise laut polternd die Kellertreppe hochkam. Er suchte meine Mutter, und als er sie nicht fand, stellte er sich vor den Fernseher, streckte seinen rechten Arm wie ein Polizist, der den Straßenverkehr regelt, erst nach oben, zeigte dann zur Tür und befahl Lassie:
„Los! Such Frauchen!" Lassie aber dachte gar nicht daran. Sie hatte gerade eine alte Frau aus dem brennenden Haus gerettet und musste noch einmal zurück, um den unter einem lichterloh brennenden Holzbalken liegenden, nicht nur blinden, sondern auch gehbehinderten Ehemann zu holen. Aber das war meinem Vater völlig egal:
„Hast du verstopfte Ohren?!! Du solltest mal zum Arzt gehen!" schrie er außer sich und nannte Lassie einen armen Hund, erbärmlichen Versager, Angeber und Idioten. Es war aufrichtiges Selbstmitleid, das aus ihm sprach, und wie gern hätte ich ihm gesagt, wie traurig mich seine armselige Erscheinung machte. Aber ich schwieg. Und machte mich auf die Suche nach meiner Mutter.
Seit mein Vater aufgehört hatte, an seiner Geburtsschreitheorie zu arbeiten und lieber zur Flasche als zum Stethoskop griff, verbrachte sie ihre freie Zeit

lieber im Supermarkt als im Halbschatten ihres unerfolgreichen Mannes. Es machte sie ganz krank, dabei zuzusehen, wie er immer weniger wurde, denn sie hatte so sehr an meinen Vater geglaubt und alles getan, um ihm zu imponieren und zu gefallen. Hatte sich jahrelang, so gut sie konnte, unsichtbar gemacht, damit ihre Karriere seine nicht in den Schatten stellte. Und zum Dank dafür hörte er einfach auf, an sich zu glauben. Und trank. Und verblödete.
Als ich meine Mutter im Supermarkt in der Leicester-Street fand, kniete sie vor dem Fertigmenüregal, wo sie mehrere Pizzaschachteln vor sich auf dem Boden verteilt hatte, um den kleingedruckten Text zu lesen. Sie war so sehr in ihre Lektüre vertieft, dass sie mich erst bemerkte, als ich meine Hand auf ihre Schulter legte.
„Wie geht es dir, Ma?“ fragte ich. Aber sie starrte nur auf die Schachtel und murmelte:
„Mir kann doch kein Mensch erklären, warum die Pizza mit Salami teurer sein muss als die mit Schinken“. Und dann sah sie mich verärgert an und fragte:
„Kannst du mir das erklären?“
„Ma hör auf. Das ist doch völlig egal. Lass uns gehen“, sagte ich und nahm sie bei der Hand.
„Komm. Dad wartet.“
Aber sie wollte nicht zu Dad. Sie wollte im Supermarkt bleiben, und es dauerte eine ganze Weile, bis ich sie endlich überreden konnte, nach Hause zu gehen. Wie ein störrisches Kind zog ich sie an meiner Hand. Zu meinem Vater. Der auf dem Sofa lag und eingeschlafen war.
An diesem Abend gaben meine Eltern, wie jeden ersten Samstag im Monat, eine Dinnerparty, und pünktlich

um sieben Uhr schlüpften sie in ihr öffentliches Leben und waren „So Nice!". Und „So Charming!". Und alle waren „So Amused!", weil Ma wieder ihre kindischen Serviettenringe aus kleinen Thymian-Nasenbüschen gebastelt hatte.
Mr. Sommerfeld bedauerte, dass Ma nachmittags keine Sprechstunde mehr anbot, und Mrs. Sommerfeld lobte den zarten Lammrückeneintopf und wollte allen Ernstes wissen, ob das am Koriander liege. Charlotte und Frank Schelms mochten den Farbanstrich unseres Wohnzimmers, und meine Eltern verschwiegen wie immer, wenn dieses Thema Gegenstand des Smalltalks wurde, dass die Farbe eigentlich einmal zitronengelb gewesen war und erst im Laufe der Zeit durch die undichte Dunstabzugshaube in der Küche zu diesem widerlich aschbraunen Farbton verkommen war.
Von den Huttons hörte man ab und zu ein völlig unpassendes „Really?" oder „Indeed?", was daran lag, dass beide so gut wie taub waren, und es war nur eine Frage der Zeit, bis Mr. Hutton leise schnarchend vom Sofa rutschte und Mrs. Hutton unauffällig versuchte, ihren Ehemann aus dem Haus zu tragen. Natürlich taten die anderen so, als würden sie nichts bemerken.
Ich hatte das von meinen Eltern geforderte Begrüßungsritual hinter mich gebracht und war mit einem Teller Eintopf und unter dem Vorwand, noch eine Arbeit für ein Seminar schreiben zu müssen, in mein Zimmer verschwunden.
An diesem Abend konnte ich nicht einschlafen, weil ich daran dachte, wann, wo und wie ich schon überall verlorengegangen war, und die schreckliche Vorstellung, dass es in meinem Leben immer so weitergehen

würde, war so unerträglich, dass ich beschloss, die Schwingungen meines Körpers so sehr zu reduzieren, dass ich für die Umwelt nicht mehr wahrnehmbar sein würde.
Überzeugt, durch diese Überlebensstrategie dem Irrsinn keine Angriffsfläche mehr zu bieten, schrieb ich „Dann lieber unsichtbar!!!“ auf ein kleines Stück Papier, setzte darunter eine kurze Formel und versteckte mein geheimes Vermächtnis in einem Riss im Dielenboden unter dem Bett, wo auch Olgas falsche Wimpern, die ich vor vielen Jahren geklaut hatte, vor sich hingammelten.
Gut. Meine Formel war nicht so genial wie Einsteins $E=mc^2$. Aber ich wollte damit auch nicht den Mesokosmos beschreiben und mit ihr das Geheimnis des Lebens enträtseln. Meine Formel diente ausschließlich meiner Beruhigung und war auch nicht sinnloser als die Formel, die ein US-Forscherteam um John Gottman von der University of Washington für Eheglück gefunden hatte: Durch das Verhältnis von positiven und negativen Gesprächsinhalten lässt sich die Wahrscheinlichkeit der zukünftigen Trennung voraussagen. Beträgt das Verhältnis eins zu eins, ist alles in Ordnung. Liegt es darunter, ist die Beziehung akut gefährdet. Ich habe diese Formel in meiner Ehe um den Unsichtbarkeitsfaktor erweitert und bin zu dem Ergebnis gekommen, dass weder negative noch positive Gesprächsinhalte, also das Fehlen von Gesprächen in einer Ehe, ein Gefühl der Sicherheit vermitteln. Allerdings wird die Ehe dadurch in eine Art Schwebezustand versetzt, welcher nur durch ein unvorhergesehenes und von außen eindringendes Ereignis aufgehoben werden kann.

Fred kannte meine Vorliebe für mathematische Formeln, aber trotz mehrerer intensiver Erklärungsversuche überzeugte sie ihn nicht. Er vermutete vielmehr, dass ich unter einer schizoiden Schädigung litt, da meine Eltern mir das Gefühl eines ungeliebten und ungewollten Kindes gegeben hatten und meine ganz auf meinen Vater fixierte Mutter aus mir ein „Goldenes-Käfig-Kind" gemacht hatte, das einem gleichgültigen Kindermädchen ausgeliefert war.

„Deswegen machst du dich unsichtbar. Du sparst Energie. Du sparst deine Erwartungen. Aber verzeih mir die Frage: Für wen oder wofür sparst du sie?" wollte er eines Tages wissen.

„Wozu? Lautet die Antwort" sagte ich gereizt.

„Haben die Sichtbaren und Energischen mit ihren Erwartungen in diese Welt irgendetwas zum Positiven verändert? Glaubst du das wirklich?" sagte ich zu Fred, der sich gerade ein Glas Sherry einschenkte und mich fragend ansah, ob ich auch eines wollte. „Nein, danke", sagte ich, nahm Fred die Flasche aus der Hand und stellte sie zurück in das Regal.

„Das Wesentliche in dieser Welt ist unsichtbar, oder sind Gedanken und Worte sichtbar?" fragte ich.

„Nicht, solange keine Taten folgen", antwortete Fred, nachdem er einen Schluck von seinem Sherry getrunken hatte, und während er nachdenklich aus dem Fenster in den kleinen, mit Sträuchern und Kletterpflanzen überwucherten Innenhof sah, beschloss auch ich, einen Sherry zu trinken, denn mir war plötzlich klargeworden, dass ich mein kleines Plädoyer nicht für Fred, sondern für mich gehalten hatte.

„Also gut. Du fragst, wozu", sagte Fred plötzlich in die Stille und ohne mich anzusehen. „Erinnerst du dich, als ich dir erzählt habe, wie ich in das Kinderkrankenhaus gekommen war und an mein Bett gefesselt wurde und mutterseelenallein zurückbleiben musste, während sich die anderen im Luftschutzkeller versteckten?
Ich höre noch heute das gewaltige Pfeifen und den ohrenbetäubenden Knall, bevor die hundert Meter entfernte Nachbarstation in einer riesigen Rauchwolke verschwand, weil eine Luftmine das Gebäude getroffen hatte. Durch den gewaltigen Druck flogen die riesigen Fenster in die Kinderstation, und als mich die Kranken-schwestern am nächsten Morgen unter all dem Schutt fanden, sprachen sie von einem Wunder. Aber als sie mir ein paar Stunden später sagten, dass meine Mutter und meine beiden Schwestern in der Nacht ums Leben gekommen waren, sprachen sie von einer Katastrophe. Ich konnte in all dem keinen Sinn erkennen. Ich fragte, wozu. Wozu hatte mich ein Wunder zurückgelassen und sie eine Katastrophe mitgenommen?
In dieser Zeit wünschte ich, ich wäre tot, denn ich sah in meinem Leben keinen Sinn mehr, und die darauffolgenden Wochen vergingen wie im Nebel. Nur an das Bild eines kleinen Mädchens kann ich mich schemenhaft erinnern. Unermüdlich saß sie an meinem Bett. Hielt meine Hand. Sprach mit mir und fütterte mich. Ich weiß bis heute nicht, ob dieses Mädchen nur in meinen Träumen oder in Wirklichkeit existiert hat, aber ohne sie hätte ich vermutlich aufgegeben.
Als meine Knochen wieder zusammengewachsen waren, wurde ich von Pater Kuno in das Waisenhaus in der alten Jakobstraße gebracht.

Ich mochte den kühlen, zweckmäßigen Bau nicht, den die Bomben bisher verschont hatten, und versteckte mich so oft es ging in dem halb eingestürzten Kino, in das ich durch ein Loch in der Wand der Wäschekammer kriechen konnte. Dort träumte ich davon, eines Tages ein eigenes Kino zu haben. Fred Leibowitz. Kinodirektor.

Ich verschloss meine Augen vor dem Grauen und versteckte mich hinter meiner Sehnsucht und verschwand in den weichen, warmen Kinositzen meiner Fantasie. Sah meine erfundenen Filme, in denen mein Vater endlich kam, um mich nach Hause zu bringen. Zu meiner Mutter und meinen Schwestern. Die alle wieder lebten. Und vor dem Einschlafen bat ich den Gott der Nilpferde, auf meine für mich überlebensnotwendigen Geschichten aufzupassen. Damit sie mich nicht auch noch verlassen und allein zurücklassen würden, denn diese Angst ließ mich fast verrückt werden.

Nach und nach kehrte die Zeit in mein Leben zurück und gab den trostlosen Bildern meiner Kindheit Farben, Geräusche und Gerüche und meiner Angst eine Hoffnung."

Fred setzte sich in den alten quietschenden Drehstuhl aus gebogenem Holz und sah, während er mit mir sprach, zu dem vergilbten Foto über dem Schreibtisch an der Wand, das einen an einer Kette tanzenden Affen mit einem Tamburin zeigte, der von einer gaffenden Menschenmenge bestaunt wurde.

„Fragst du mich immer noch, wozu, Jane? Ich kann nicht glauben, dass du ein unsichtbares Leben führst, weil du es so willst. Vielmehr glaube ich, dass du deine Unsichtbarkeit deswegen so vehement verteidigst, weil du keinen blassen Schimmer hast, wie du aus deinem unsichtbaren Leben ein sichtbares machen sollst. Jane. Jane! Wo bist du?"

Ich hatte mich aus meiner Revoltiermanege geschlichen und verweigerte den Sprung aus großer Höhe in das viel zu kleine Wasserbecken. Sehnte mich nach einer Tarnkappe. Und wünschte, Fred wäre ein Magier und Illusionist und ich seine unsichtbare Assistentin.

An diesem Abend kam Peter spät nach Hause und überraschte mich mit einem Strauß roter Gladiolen. Das sind seine Lieblingsblumen. Und als er sie mir in die Hand drückte und das Papier unbeholfen zu einem Ball zerknüllte, sagte er, dass er nicht vorhabe, mich zu verlassen. Auch wenn es nicht mehr so sei wie früher. Und ich solle mir keine Gedanken machen. Dann ging er schlafen, und ich saß noch lange an meinem Schreibtisch und sah aus dem Fenster in den klaren, unendlichen Sternenhimmel und fragte mich, warum Peter dachte, dass ich denken könnte, dass er mich verlassen wolle, und woran es wohl liegt, dass Männer entweder gar nichts sagen oder verschachtelte und viel zu lange Sätze verursachen.

5

Am nächsten Tag schenkte ich Fred Peters Gladiolen und versuchte, mein wortloses Verschwinden zu rechtfertigen, aber er unterbrach mich und sagte gut gelaunt:
„So ist das eben mit einer unsichtbaren Freundin!“, umarmte mich, stellte die Blumen in eine wunderschöne Bodenvase aus gelbgrünem Bakelit und erfreute sich an dem Anblick, denn Gladiolen in Bakelit erinnern ihn an Rita Hayworth. Mich erinnern Gladiolen, mit oder ohne Bakelit, immer an Riesentintenfisch-Greifarme.
„Siehst du! Was mich an Rita Hayworth denken lässt, lässt dich an Tintenfisch-Greifarme denken! Ich möchte gar nicht wissen, woran Gladiolen bei unserem Anblick denken!“ antwortete Fred, zog ein Buch aus seinem Bücherregal und sagte: „Für dich.“
Das ziemlich abgegriffene Taschenbuch mit dem Titel „Der bebende Planet“ war von Daniel Pendelstein. Die großen, weißen, mit Rissen durchzogenen Blockbuchstaben des Titels nahmen fast die gesamte Vorderseite des Buchumschlages ein und gaben nur an wenigen Stellen den Blick frei auf das darunter liegende Foto eines erkalteten Lavastroms, aus dem eine kleine zartgrüne Pflanze wuchs.
Die für Freds Bücher typischen Eselsohren, die er immer

unten rechts in die Buchseiten knickte, verrieten, dass er es bereits gelesen hatte, und als ich darin blätterte, entdeckte ich eine mit roter Tinte geschriebene Widmung:

„Lieber Fred, das ist meine Revolte. In Freundschaft! Dein Daniel."

Als Fred meinen fragenden Blick sah, sagte er verschmitzt:
„Das ist schon in Ordnung. Du hast mir ja auch Peters Blumen geschenkt." Und während wir ein Glas Sherry tranken, erzählte Fred von Daniel, der schon als kleiner Junge davon geträumt hatte, in den inneren Kern unserer Erde vorzudringen, um die Bewegung des Magmas zu stoppen, und der besessen war von der fixen Idee, diese Erschütterungen eines Tages vorherzusehen und zu kontrollieren.
„Anstatt Fußball zu spielen, entdeckte er das Prinzip der Trägheit und versetzte mit seinen zugegebenermaßen noch sehr fragwürdigen Theorien ganze Klassenzimmer in Tiefschlaf und die dazugehörenden Lehrer in Erklärungsnotstand. Daniel gehörte ohne Zweifel zur unverstandenen Spezies der Wunderkinder und wurde zu einem belächelten Einzelgänger, den man achselzuckend mit seiner Begabung allein ließ. Obwohl Daniel sagt, dass er das niemals so empfunden hat. Er fühlte sich nicht allein gelassen. Und er fühlte sich auch nicht unverstanden. Vielmehr behauptet er, dass ihm aufgrund seiner ausgeprägten Egozentrik völlig egal war, was die anderen taten. Oder dachten. Hauptsache, sie ließen ihn in Ruhe! Ich habe ihm gestern, nachdem du verschwunden warst, geschrieben, weil ich finde, eure Revolten könnten sich gut ergänzen",

sagte Fred und wartete gespannt, wie ich darauf reagieren würde.
Ich hätte am liebsten geantwortet, dass er mich doch endlich mit Daniel Pendelstein in Ruhe lassen solle und ich mich auch nicht in sein Leben einmischte! Aber stattdessen lächelte ich und sagte: „Mal sehen. Ich werde darüber nachdenken."
„Gut", antwortete Fred, zog ein Kuvert wie einen Dolch aus seiner Jackentasche, drückte es mir in die Hand und verschwand in der Küche, um seinen geliebten Tee zuzubereiten.
Im Kuvert lagen zwei Einladungen für die am selben Abend stattfindende Eröffnung der großen Picasso-Retrospektive, und entsprechend groß war meine Freude über Freds gelungene Überraschung.
Pünktlich um sieben Uhr hielt unser Taxi vor dem hell erleuchteten gläsernen Museumsbau, der mich an ein Ufo erinnerte. Bereit, die Passagiere, die den Planeten Picasso besuchen wollten, an Bord zu nehmen.
Fred trug seinen schwarzen Cordanzug, den er nur zu ganz besonderen Anlässen aus dem Kleidersack schälte, und eingehüllt in eine atemberaubend dichte Wolke Aftershave, die ausschließlich dazu diente, den Naphthalin-Geruch seiner vorsintflutlichen Mottenkugeln zu übertünchen, war er bestens gelaunt und hatte keine Ahnung, dass seine fatale Geruchskomposition verantwortlich war für meine entsetzlichen Kopfschmerzen.
Weil ich Fred aber nicht enttäuschen wollte, sagte ich während der zehnminütigen Autofahrt kein Wort und beugte stattdessen unter dem Vorwand, die Eintrittskarten zu suchen, meinen Kopf immer wieder tief über

meine Handtasche, um das bisschen Sauerstoff, das mein Lederbeutel hergab, einzuatmen.
Als das Taxi endlich vor dem Museum hielt und Fred, ganz Gentleman, die Tür auf meiner Seite öffnete, stieg ich verunsichert und geblendet vom Blitzlichtgewitter der Fotografen, die gerade ein prominentes Paar auf dem roten Teppich fotografierten, aus dem Wagen, und während ich auf die rechts und links der Absperrbänder gaffende Menschenmenge starrte, meldete sich mein benebelter Verstand zurück und machte unmissverständlich klar, dass mich nur der lange Weg ins grelle Licht am Ende des Teppichs zu „Ma Jolie" führen würde.
Dass mir ausgerechnet in diesem Augenblick der Briefwechsel meines Vaters mit seinem Freund und Sterbeforscher Quentin Seliger einfiel, hatte damit zu tun, dass Dad mir oft statt einer Gutenachtgeschichte aus diesen Briefen vorlas und mich die Beschreibungen vom Licht am Ende des Tunnels besonders schlecht schlafen ließen. Die beiden wollten beweisen, dass die zahlreichen Aufzeichnungen der untersuchten Nahtod-Erlebnisse etwas über das Hör- und Riechverhalten auf dem Weg ins Jenseits verraten würden. Nach jahrelangen Diskussionen kamen die beiden zu dem umstrittenen Ergebnis, dass der Weg ins Jenseits wahrscheinlich geruchfrei, aber auf gar keinen Fall lautlos sein kann. Quentin Seliger dachte an Musik. Mein Vater an ein lautes Geräusch, ähnlich dem Knall, der beim Durchbrechen der Schallmauer erzeugt wird. Mich hätte in diesem Zusammenhang eher interessiert, ob es auf dem Weg ins Jenseits einen roten Teppich gibt und ob gaffende Menschen anwesend sind.

„Ich sterbe gleich vor Angst. Ich werde jetzt nach Hause fahren“, sagte ich zu Fred und versuchte wieder in das Taxi zurück zu klettern. Zwecklos. Mit sanfter Gewalt zog er mich zurück auf den roten Teppich, fest entschlossen, sich nicht die Gelegenheit eines großen Auftritts entgehen zu lassen.
„Schau! Da geht doch der ... Na, du weißt schon, wen ich meine“, schrie eine ältere Dame aufgeregt in das rechte Ohr ihrer offensichtlich schwerhörigen noch älteren Freundin.
„Quatsch, der ist doch schon lange tot!“ antwortete die so laut sie konnte.
„Ich meine doch den ...“, versuchte es die Jüngere erneut.
„Der ist auch tot“, unterbrach die Ältere verärgert.
„Wie schade ...“, murmelte die Jüngere und schüttelte enttäuscht den Kopf, während ihre Freundin Fred ein „Es-tut-mir-leid-aber-die-ist-schon-ziemlich-gaga“-Lächeln zuwarf, welches der charmant auffing und so laut, dass beide es hören konnten, sagte:
„Ich bin Fred Leibowitz. Sehr erfreut, Ihre Bekanntschaft zu machen.“ Dann zog er eine Autogrammkarte von John Wayne, eine von Fred Astaire und eine von Humphrey Bogart aus der Jackett-Innentasche, und während die Ladies begeistert zusahen, wie er seine Widmung für das Autogramm formulierte, kam ich mir vor wie der Affe auf dem Foto über Freds Schreibtisch.
„Du kannst doch nicht fremde Autogrammkarten von bereits verstorbenen Schauspielern unterschreiben. Und verteilen“, sagte ich zu Fred, nachdem er sich von den beiden Damen verabschiedet hatte.

„Warum nicht? Jetzt haben sie etwas zu erzählen“, sagte Fred, und als die ältere der beiden Damen ihre Freundin zufrieden anschrie:
„Siehst du! Ich hab es dir doch gesagt, dass der schon lange tot ist …“, freute sich Fred wie ein kleines Kind.
Auf der anderen Seite des grellen Lichts begrüßte uns ein Museumsangestellter in einer pinkfarbenen Uniform. Überprüfte mit ernstem Blick unsere Eintrittskarten. Suchte unsere Namen auf einer Einladungsliste, die so umfangreich war wie das Telefonbuch einer Mecklenburgischen Dorfgemeinde. Befestigte Plastikbändchen, die für die Ewigkeit gemacht schienen, an unseren Handgelenken. Und entließ uns selig lächelnd ins Ausstellungs-Nirwana.
Ich habe in meinem Leben noch nie so viele Menschen in die gleiche Richtung taumeln sehen, und noch bevor ich nach Freds Hand greifen konnte, geriet ich in den Sog des breiten Besucherstroms und trieb hilflos von einem Picasso zum nächsten. Oder besser gesagt, daran vorbei, denn es war unmöglich, vor einem seiner Bilder stehenzubleiben. Stattdessen rammte ich die Schulterblätter, Oberarme und Hüften unterschiedlichster ambitionierter Kunstkenner und hörte ein Sammelsurium vorbeiziehender Halbsätze: „Das ist aber …“, „Muss eine frühe …“, „… so noch nie gesehen“, „Kein anderer konnte …“, „… dieses Jahr mal in Kitzbühel statt in Gstaad“. Die Luft war trocken und stickig, meine Zunge klebte am Gaumen, und meine Kontaktlinsen drohten mit Suizid, bereit, jede Sekunde von selbst aus den Augenhöhlen zu springen, als ich endlich mein Porträt entdeckte und wie durch ein Wunder in diesem Augenblick gegen einen Körper

gedrückt wurde, der wie ein Fels in der Brandung vor „Ma Jolie" stand.
Endlich. Das Original. Ich stand vor ihm. Und während meine Atmung sich langsam beruhigte, suchte ich nach Details, die mich an mich erinnern könnten. Was meinte Peter? Die trostlose Verwirrtheit? Das unentschlossen Verlorene? Oder meinte er die vielen Ecken und Kanten?
Ich war so sehr in meine Analyse vertieft, dass mich erst ein dezentes Räuspern darauf aufmerksam machte, dass ich den mir völlig unbekannten Oberarm eines sehr gut aussehenden Mannes fest umklammert hielt.
„Verzeihung. Verstehen Sie mich nicht falsch. Ich finde es sehr schön, dass Sie sich auf einem überbevölkerten Planeten wie dem unseren ausgerechnet an mir festhalten. Immerhin stehen meine Chancen 1:6,5 Milliarden. Aber ist alles in Ordnung mit Ihnen?" kam es aus einer strahlendweißen Zahnreihe, die so verführerisch lächelte, dass es ein paar Sekunden dauerte, bis ich begriff, dass ich gemeint war.
„Oh. Verzeihung. Nein. Ich meine. Ja. Danke. Alles in Ordnung."
„Soll ich Ihnen ein Glas Wasser bringen?"
„Nicht nötig! Mir geht es gut. Ich war nur von dem Bild ... Ich meine ... Tolles Bild!"
„Ja. Unglaublich. Durch das Verschwinden des Bildlichen, die Emanzipation des Abstrakten und die damit gerade heute so wichtige Einsicht, dass nicht nur das Materielle einen Wert darstellen kann, macht es mich neugierig und befangen zugleich."
Und neugierig und befangen zugleich tat ich drei Dinge, die ich in meinem Leben bis dahin für unmöglich

gehalten hätte:
a) Ich hatte plötzlich das bisher unbekannte Verlangen, ein Gespräch über Kunst zu führen.
b) Ich wäre, ohne auch nur eine Sekunde zu zögern, bereit gewesen, in seinen dunkelblauen Augen zu ertrinken, und
c) ich sagte, anstatt wie üblich die Klappe zu halten: „Ich bin sprachlos."
„Das ist ganz normal", fand der Fels in der Brandung, „weil das Unsichtbare und das Unsagbare ihren Raum nur im Schweigen finden." Zum Glück übernahm in dieser Sekunde mein Verstand die Kontrolle über mein vor Bewunderung lahmgelegtes Sprachzentrum und meldete:
„Mayday, Mayday. Wir haben da ein Problem!" an den Regelkreis meiner Synapsen, die in letzter Sekunde aus meinen verklärten Augen einen skeptischen Blick und aus meinem Schweigen ein gelangweiltes „Mich erinnert das Bild an einen Schwarm Zugvögel ... Oder einen Ascheregen ... Oder eine Straßenkarte von Manchester" machten.
„Bin ich erleichtert!" sagte der Fels zu meiner Überraschung. „Ich dachte schon, Sie wären nur durch Kunstbeflissenheit zu beeindrucken. Um ehrlich zu sein, erinnert mich „Ma Jolie" an offene Schuhkartons, die auf einem dunklen, staubigen Dachboden im fahlen Mondlicht auf dem alten Dielenfußboden liegen und den Blick freigeben auf vergessene Briefe und Postkarten."
„Finden Sie, dass sie mir ähnlich sieht?" verplapperte ich mich und hätte am liebsten die Frage rückgängig gemacht.

„Also, wenn ich Sie ansehe, denke ich nicht an Altpapier. Sie sind doch unverwechselbar, einzigartig und schön."
Ich. Unverwechselbar. Einzigartig. Und schön. War überwältigt. Und ließ unvorsichtigerweise seinen Arm los, um eine Haarsträhne aus meiner Stirn zu streichen und ganz beiläufig nach seinem Namen zu fragen. Als mich ein widerlich nach Zigarre riechender Riese zur Seite schob. Nicht bereit, mich verdrängen zu lassen, versuchte ich meinen Platz zurückzuerobern. Vergeblich. Ich stieß mit meiner Stirn gegen ein gigantisches Doppelkinn, bevor mein Nacken von einem fliederfarbenen Strohhut attackiert wurde, und als ich ein paar Sekunden später aus der Deckung einer breiten Schulter im Smoking auftauchte, war ich in der Abteilung „Frühe Arbeiten" gelandet, und von meinem Fels in der Brandung war nichts mehr zu sehen. Enttäuscht, weil ich mir den Abend definitiv anders vorgestellt hatte und weil auch von Fred weit und breit nichts zu sehen war, ließ ich mich lustlos von einem Picasso zum nächsten treiben, und erst als ich nach fast einer Stunde wieder in „Ma Jolies" Nähe kam, entdeckte ich meinen alten Freund neben einem Museumswärter auf einer Bank.
„Fred! Endlich!" rief ich und stand dank meiner mittlerweile souveränen Body-Surf-Technik bald neben ihm.
„Komm, lass uns gehen!" sagte Fred frustriert. „Hier sind einfach zu viele Menschen."
„Wo warst du?" fragte ich.
„Das Museumspersonal hat mich immer wieder aus der Menge gefischt, weil die Verletzungsgefahr für

Menschen in meinem Alter zu groß sei", sagte er und warf dem jungen Aufpasser in der schicken Museumsuniform einen vernichtenden Blick zu. „Ich habe mittlerweile auf fast jeder Bank in dieser Ausstellung gesessen. Sehe ich wirklich schon so alt aus, Jane?"
Fred war zutiefst irritiert, und ich musste mit ihm mehrere Gläser Wein auf das Recht uneingeschränkter Bewegungsfreiheit und eine Flasche Champagner auf den unsterblichen Picasso trinken. Immer wieder betonte er, dass er gar nicht daran dächte, sich alt zu fühlen, nur weil junge Museumswärter ihn so behandelten, und schwor zu fortgeschrittener Stunde, nie mehr in diesem „Kunstgrab", wie er das Museum von nun an nannte, Platz zu nehmen. Es sei denn hängend. Als Porträt. Und in Öl.
Fred hing dann noch eine ganze Weile mit einem jungen Kunststudenten an der Bar, und während die beiden angeregt über die Poetik in Andrej Tarkowskijs Film *Der Spiegel* diskutierten, machte ich mich auf die Suche nach meinem Felsen und glaubte für einen Augenblick, Peters Spiegelbild in der riesigen Glasfassade des Museums zu sehen. Aber das war ja unmöglich, denn der musste arbeiten.
Mit den Jahren fand Fred sich damit ab, nicht nur älter, sondern auch weniger zu werden, und eines Tages lächelte er mich mit seinen ganz klein und müde gewordenen Augen an und sagte:
„Meine Hände und meine Leidenschaft für das Leben bleiben unverändert groß, aber meine Augen wollen nicht mehr. Ich denke, es ist Zeit, mich für ein Gesicht zu entscheiden." Und von dem Tag an erwartete er lächelnd, dass etwas vor ihm auftauchen würde.

6

Als ich in die Mommsenstraße einbiege, fällt Regen leicht und wie in Zeitlupe vom Himmel und lässt den Asphalt unter meinen Schritten glänzen. Ich suche Schutz unter den alten Platanen, die eingekeilt zwischen millimetergenau geparktem Blech aussehen wie Versatzstücke. Kulissen. Ein Versehen. Und achte darauf, nicht in Hundescheiße zu treten. Wäre ich doch ins Kino gegangen, denke ich und werfe einen Blick auf meine Armbanduhr. Noch zwei Stunden, dann ist dieser Tag vorüber. Dann ist heute gestern. Ich aber bin immer noch nicht ganz unten und deshalb auch nicht auf dem Weg nach oben. Hänge unsichtbar. Irgendwo zwischen Baumkrone und Steppengras. Zu feige, mich fallen zu lassen. Und zu schwach, um hochzuklettern.

Das Winseln des alten Basset-Rüden unseres Nachbarn schreckt mich aus meinen Gedanken.

Weil Herr Schumann eine neue Freundin hat, die Hunde nicht mag, muss Rolf im Auto schlafen und darf nur noch in die Wohnung, wenn Herrchen allein ist. Schumann ist deswegen sehr unglücklich und im wahrsten Sinne des Wortes „hundemüde“, denn Rolfs Winseln holt ihn jede Nacht aus dem Schlaf, und von schlechtem Gewissen geplagt sitzt er dann stundenlang mit seinem Hund im Auto und hört so lange

klassische Musik, bis dieser eingeschlafen ist. Was wiederum Schumanns Freundin gar nicht gefällt.
Ich weiß das, weil ich an einem heißen Tag, an dem alle Küchenfenster zum Hof weit offenstanden, ungewollt ein Telefonat zwischen Schumann und seiner Mutter mit angehört habe, in dem er ihr sein Leid geklagt hat.
Wahrscheinlich sitzt er jetzt gerade vor dem Fernseher. Seine Gedanken bei Rolf. Cora im Arm. Die Zeit und das schlechte Gewissen im Nacken.
Eine Etage über Schumann brennt eine Schreibtischlampe. Dort sitzt mein schlechtgelaunter Ehemann Peter, der garantiert nicht an mich denkt, und hätte ich nur den blassesten Schimmer einer Idee, wie und wo ich den restlichen Abend verbringen könnte, würde ich nicht nach Hause gehen. Aber ich will nicht so enden wie die alte Frau, die tagein, tagaus auf der gegenüberliegenden Straßenseite steht. Und wartet. Ihren Körper leicht vornübergebeugt. Und mich an meine Großmutter erinnert.
Meine Großmutter wollte, dass meine Mutter es besser machte. Sie wollte eine Tochter, die alles konnte. Nicht nur Kinder kriegen. Sie sollte diszipliniert, erfolgreich und schmerzunempfindlich sein. Immer gut gelaunt und unerschrocken an der Seite ihres Mannes stehen und ihm das Gefühl geben, er sei der Größte, weil sie das Beste für ihn war.
Sie selbst hatte keine Wünsche für sich und ihr Leben. „Demut ist eine Zier, die den Fleiß vergoldet", sagte sie und glaubte diesen Blödsinn. Der Sinn ihres Lebens lag darin, ununterbrochen im Haus für Ordnung zu sorgen, die meinem Großvater nur dann auffiel, wenn

sie nicht herrschte, so wie auch sie nur auffiel, wenn sie nicht da war. Schweigend ertrug sie seine Unverschämtheiten und bügelte ihm auch noch sein Lieblingshemd, obwohl sie wusste, dass er damit zu einem Rendezvous ging. Und während er ungeduldig auf die Uhr sah, hielt sie ihn bei Laune und erzählte von einer Hypnosestunde, in der sie eine Sanddüne gewesen war. Auch als Sanddüne war sie ständig in Bewegung gewesen und hätte andauernd ihre Form verändert, ohne aber das Bewusstsein, eine Sanddüne zu sein, zu verlieren.
„Darauf kommt es an, Viktor! Es kommt darauf an, immer in Bewegung zu bleiben! Und das Bewusstsein nicht zu verlieren!" sagte sie und lächelte, als wäre das Leben ein Luna-Park.
„Wenn du so weitermachst, verlierst du noch den Verstand", murmelte mein Großvater misstrauisch und missmutig, denn er hatte den Verdacht, dass die Hypnosestunden bei Dr. Thomasius nur ein Vorwand für ein Schäferstündchen waren, und vermutete hinter dem Gefühl, eine Sanddüne zu sein, etwas Erotisches."
„Wie war das denn so ... als Sanddüne?" fragte er und versah jedes Wort mit einem kleinen Bleigewicht, während er das noch warme Hemd zuknöpfte. Er wollte Details, die meine Großmutter aber verweigerte. Und sie genoss diesen Augenblick, denn sie kannte die Nanosekunde ihres Triumphes, in der sie für einen Augenblick den Schutz ihrer Unsichtbarkeit verließ und ihr Blick „Seht her! Er liebt mich doch!" schrie.
Nur wenige Jahre später stand meine Großmutter oft verloren in dem viel zu groß gewordenen Haus und hatte vergessen, was sie gerade tun wollte. Oder wer

sie war. Nach und nach verlor sie ihr Gedächtnis, und nachdem auch ihre Gegenwart verschwunden war, machte sie sich eines Tages auf die Suche, ohne sich zu verabschieden. Sie war plötzlich einfach nicht mehr da. Langsam überquere ich die Straße und frage die alte Frau nach ihrem Namen.
„Stuve. Henriette Stuve“, sagt sie und reicht mir ihre Hand zum Gruß. „Was machen Sie denn hier so allein und mitten in der Nacht auf der Straße, Frau Stuve?“ frage ich, „Ich will nicht versäumen, wenn er kommt.“
„Wenn wer kommt?“
„Wenn Stuve kommt“, antwortet sie und lächelt verloren. „Er hat nie gesagt, dass er für immer geht. Das hätte er doch gesagt, wenn er vorgehabt hätte, für immer zu gehen. Oder?“
„Aber er hat auch nicht gesagt, dass er wiederkommt?“ frage ich vorsichtig.
„Das hat er vergessen. Er war so in Eile – als er ging“, verteidigt sie Stuve. Dreht sich um. Und lässt mich einfach stehen.
Ich suche im Licht der Laterne meinen Wohnungsschlüssel und wünsche mir, dass Peter schläft und vergessen hat, das Licht auszumachen. Aber als ich die Wohnungstür ganz leise öffne, höre ich, wie er in der Küche den Geschirrspüler einräumt.
Wie oft hat er mir einen Vortrag darüber gehalten, wie man einen Geschirrspüler richtig einräumt, und mein chaotisch eingeräumtes Geschirr wieder aus der Maschine genommen, um es nach Größe sortiert wieder einzuräumen. Und wie oft habe ich vergessen, den Geschirrspüler richtig einzuräumen, und als Peter dann das saubere Geschirr ausräumte, hat er nicht gesehen,

dass es sauber war, sondern nur, dass es falsch eingeräumt war.
Eigentlich hatte ich heute Abend nicht vorgehabt, ins Kino zu gehen oder ziellos durch die verregneten Straßen Berlins zu laufen. Als ich das dunkelblaue Jersey-Wickelkleid, das Peter so gut gefällt, anzog und meine frischgewaschenen Haare so föhnte, dass sie in großen Wellen auf meine Schultern fielen, war ich fest entschlossen, einen schönen Abend zu verbringen. Mit Peter. Der versprochen hatte, früher als sonst nach Hause zu kommen.
Peter kam viel später als erwartet, klingelte Sturm, und als ich gut gelaunt, strahlend und mit bestem Vorsatz, meine Enttäuschung zu verbergen, die Tür öffnete, stand ich vor einem schlechtgelaunten, schlappen und blassen Ehemann.
„Wie oft soll ich dir noch sagen, dass du den Schlüssel nicht steckenlassen sollst!“ murrte er kurz angebunden, gab mir im Vorbeigehen einen flüchtigen Kuss auf die Wange, legte George an seinen gewohnten Platz, drückte mir sein Jackett in die Hand und fing sofort an zu kochen. Das entspannt. Ich durfte assistieren. „Wirf das bitte in den Müll. Hast du Parmesan eingekauft? Wo ist das kleine Messer? Die Tomaten sind ja schon ganz weich.“
Ich versuchte ein Gespräch über seinen heutigen Tag. Als er nicht darüber reden wollte, versuchte ich noch eines über meinen Tag, und als er auch darüber nicht reden wollte, machte ich mich unsichtbar.
Peter schnitt den Knoblauch in Scheiben, öffnete die Dose mit geschälten, bereits gekochten Tomaten, schnippelte Basilikum. Rührte. Und schwieg. Und ich

rieb den Parmesan. Als ich damit fertig war, kippte ich den geriebenen Käse in den Topf, in dem die Spaghetti lagen, und goss die Tomatensoße darüber. Da rastete Peter aus.
„Du hast mir mein Abendessen ruiniert! Wie kannst du den geriebenen Parmesan mit der Soße vermischen?" schrie er und warf den Topf so schwungvoll in die Spüle, dass die Spaghetti durch die Luft flogen.
„Ist das so schlimm?" sagte ich und legte, um meine Unsicherheit zu verbergen, eine Nudel, die unmittelbar vor mir auf dem Tischtuch gelandet war, parallel zur Serviette. Da drehte Peter sich auf dem Absatz um, ging aus der Küche und ließ die Tür mit einem lauten Knall hinter sich ins Schloss fallen.
Ich räumte auf, stellte einen Teller Spaghetti und ein Glas Rotwein auf ein Tablett und ging zu Peter, der seine Post las, und als ich das Tablett auf den Schreibtisch stellte, dachte ich: Ich liebe dich nicht mehr. Aber gesagt habe ich es nicht. Stattdessen habe ich meinen Mantel genommen und mich aus der Wohnung geschlichen. Um zwei Stunden später wieder zu sein, wo ich nicht sein wollte.
Warum ist es so schwer zu gehen und so viel einfacher zurückzukehren? Warum bleibe ich bei Peter, obwohl ich allein nicht einsamer wäre? Warum tue ich nicht, was ich will, sondern was andere von mir erwarten? Wie komme ich überhaupt auf die absurde Idee, Peter könnte mich so lieben wie ich bin. Obwohl ich ihm noch nie gezeigt habe, wer ich bin. Weil ich selbst keine Ahnung habe. Und es auch gar nicht wissen will.
Als wir uns kennenlernten, war das auch gar nicht nötig, denn Peter liebte an mir, was er in mir sehen

wollte. Das war sein Glück. Und dieses Glück hielt genau so lange, wie ich sein Bild von mir nicht beschädigte. Das war mein Glück.
Unsichtbare Frauen können diesen paradoxen Zustand erstaunlich lange aushalten, und solange die Frage „Woran denkst du?“ mit „An nichts“ beantwortet wird, bleibt die Welt für uns in Ordnung.
Schweigend sitze ich da, als Peter, ohne mich wahrzunehmen, ins Schlafzimmer geht. In wenigen Minuten schläft er. Peter kann das. Er kann immer schlafen. Und in wenigen Minuten wird dieser Tag vorüber sein, und ich werde mich neben ihn ins Bett legen. Auf meine Seite. Unter meine Decke. Und in meine Träume verschwinden.

7

Als ich am nächsten Morgen aufwache, frage ich mich, ob ich überhaupt aufstehen soll. Mein Entwurf für ein Restaurant ist gestoppt, da sich der Vorstand nicht dazu entscheiden kann, das Budget freizugeben. Und so warte ich. Ich könnte auch im Bett warten. Peter würde nichts davon bemerken. Er hat heute Abend ein Geschäftsessen, und es würde ihm nicht auffallen, dass ich nicht aufgestanden bin. Es sähe so aus, als würde ich schon wieder im Bett liegen.
Ich drehe mich zur Seite, schließe meine Augen und denke an einen Artikel, den ich vor ein paar Tagen im Wissenschaftsteil der *Times* gelesen habe. Dort stand, dass Zeitinseln in unserem Kopf dafür zuständig sind, uns immer wieder in Nanosekunden mit der Realität zu „verzeitlichen", damit wir immer genau wissen, wann und wo wir uns befinden. Was tun diese Zeitinseln, wenn ich schlafe? Oder es nichts Wesentliches zu „verzeitlichen" gibt? Das bisschen Gewohnheit, das ich jeden Tag erlebe, schafft doch mein Kurzzeitgedächtnis allein.
Da unterbricht das Klingeln des Telefons meinen Dämmerzustand und stellt meine Zeitinseln vor neue Herausforderungen. Nachdem ich das Schnurlostelefon endlich auf Peters Seite unter dem Bett gefunden habe, ist meine ungeduldige Cousine Melanie aus Oxford,

die grundsätzlich Begrüßungs- und Anstandsrituale ignoriert und gleich zum Thema kommt, am anderen Ende der Leitung:
„Jane. Martin hat mich verlassen. Er behauptet, dass meine Angst vor Gefühlen verhindert, ihn so zu lieben, wie er mich lieben könnte. Und dass es pure Zeitverschwendung sei, mich zu lieben. Sag mir, was ich tun soll. Du bist schließlich verheiratet!"
„Weniger darüber nachdenken?" ist meine spontane Antwort, die Melanie aber gar nicht gefällt.
„Woher hast du denn diesen Quatsch?"
„Aus dem Buch *Anatomie der Liebenden*, und wenn ich mich richtig erinnere, hast du das geschrieben."
„Das war doch ganz anders gemeint. Du hast das völlig aus dem Zusammenhang gerissen! Wieso reißt du immer alles aus dem Zusammenhang!? In dem Buch geht es um Treue, die in einer Zeit, in der die Menschen es wie die Bonobos treiben, zur Herausforderung wird."
„Wie meinst du das?" frage ich und würde gerne wissen, was Haribos mit Sex zu tun haben.
„Ich muss dir etwas sagen. Aber nur, wenn du mir versprichst, niemals darüber zu reden. Martin hat recht! Ich habe ein Problem mit der Liebe. Und mit der Ehe. Stell dir vor, Jane: Wenn rauskäme, dass die Liebesexpertin Dr. Melanie Fink ein Problem mit der Liebe hat, wäre das mein Ende! Mein Untergang! Ich bin Psychologin und Verhaltensbiologin und keine Frauenärztin! Verstehst du?! Ich erforsche das Verhalten von Menschen und Tieren und versuche, bestimmte Verhaltensweisen im Verlauf der Stammesgeschichte zu erklären, also den Nutzen für das Individuum zu sehen!"

„Was redest du da eigentlich!?“
„Ich rede nicht eigentlich, Jane! Ich kann wissenschaftlich beweisen, dass es die ewige Liebe gar nicht gibt, weil sie im Durchschnitt nur achtzehn Monate bis maximal drei Jahre andauern kann. Es sei denn, sie trifft auf erschwerende Widerstände.
Zum Beispiel, wenn die Liebenden nicht am selben Ort leben. Oder ... Ein besonders guter Widerstand ist, wenn einer der beiden verheiratet ist.“
„Das ist paradox. Das ist nicht dein Ernst!“
„Doch. Genau deswegen bin ich ja so verzweifelt! Alle meine Forschungsergebnisse sprechen gegen die ewige Liebe und eine daraus resultierende feste Zweierbeziehung mit dem Ziel der Beständigkeit!“
„Das ist unlogisch!“
„Also gut. Ich erkläre es noch einmal. Eigentlich ist das, was mir gerade passiert ist, ganz normal und deine siebenjährige Ehe völlig unnormal. Noch dazu seid ihr kinderlos. Das grenzt an ein Wunder. Eure Ehe ist eigentlich unmöglich! Kann gar nicht sein! Was sagst du jetzt?!“
„Ich glaube, du spinnst!“
„Nicht ich spinne! Die Natur spinnt! Die Liebe gibt es doch überhaupt nur, damit wir uns bei der Fortpflanzung auf einen Partner konzentrieren können. Das spart Zeit und Energie!“
„Sage ich doch!“ rutscht es mir über die Lippen, und ich überlege, ob ich Melanie mein „Ehe-Energiesparmodell“ erklären soll, aber die ist schon weiter und will von mir wissen, warum ausgerechnet wir Menschen uns verlieben, siebenundneunzig Prozent aller Säugetiere aber nicht einmal im Traum daran denken?

„Ich denke überhaupt nicht so viel über die Liebe nach wie du! Ich habe ganz andere Sorgen", sage ich und werde, noch bevor ich auf die immerhin drei Prozent Säugetiere aufmerksam machen kann, die sich sehr wohl verlieben, eines Besseren belehrt:
„Es wundert mich nicht, dass du Sorgen hast, denn wie ich schon sagte, bist du ja auch ein Beispiel für eine Ehe, die es eigentlich gar nicht geben kann. Peter hat dich geheiratet, weil du der erschwerende Widerstand bist!"
Ich kann das so nicht akzeptieren und möchte klarstellen, dass Peter mich geheiratet hat, weil ich sein zu Fleisch gewordener weiblicher analytischer Kubismus bin, aber Melanie unterbricht mich.
„Das ganze Elend beginnt doch immer mit einem harmlosen Flirt. Wir signalisieren Interesse, ohne uns verpflichtet zu fühlen, denn eine gemeinsame Nacht bedeutet noch lange keine gemeinsame Zukunft. Und anstatt im ersten Gang gemütlich durchs Leben zu flirten, schalten wir in den zweiten Gang und verlieben uns, worauf ein ganzer Cocktail an Botenstoffen unseren Körper überschwemmt und unseren Verstand ausschaltet! Verliebte sind, genau wie Neurotiker, auf ein Objekt fixiert, und während du denkst, dass der Mann deiner Träume perfekt in dein Leben passt, weil er einfühlsam und rücksichtsvoll ist, bemerkst du gar nicht, dass du es bist, die sich plötzlich am Samstagnachmittag ein Fußballspiel ansieht, obwohl du Fußball gar nicht magst!"
„Und wenn ich das nicht tue?"
„Dann sieht es ohne Oxytocin und Vasopressin, das sind die Botenstoffe, die für Vertrautheit und Nähe

verantwortlich sind, schlecht aus", diagnostiziert Melanie pragmatisch.
„Du willst mir doch nicht allen Ernstes erzählen, dass Goethe, Schiller und die großen Romantiker Hormonjunkies waren?!"
„Doch. So ist es, Jane! Es gibt unter den Säugetieren nur eine große Ausnahme, und das sind die nordamerikanischen Präriewühlmäuse, die sich nach einem 24-Stunden-Sex-Marathon tatsächlich fürs ganze Leben binden. Die Hormone vollbringen hier das Wunder der Monogamie. Aber schon die Bergwühlmäuse treiben es wieder buntgewürfelt durcheinander."
„Wie die Bonbons."
„Das heißt Bonobos, Jane! Die Liebe, nach der wir uns so sehr verzehren, ist nichts anderes als die Macht der Hormone über unseren Verstand! Oh Gott, schon so spät!"
Bevor Melanie sich verabschiedet, weil ihre Vorlesung zu dem Thema „Liebesalltag oder alle Tage Liebe" in zehn Minuten beginnt, gratuliert sie mir zu meiner glücklichen Ehe, in der Oxytocin und Vasopressin offensichtlich erfolgreiche Dienste leisten, und ich erwähne nicht, dass meine Decidophobie (Angst vor Entscheidung) und Allodoxophobie (Angst vor einer Meinung) für mein „Glück" verantwortlich sind.
Die beiden treuen Weggefährten unterstützten mich auch darin, unsichtbar zu bleiben, als Peter sich in mich verliebt hatte. Ich war wirklich so blöd zu glauben, ich könnte ein neues Leben anfangen und gleichzeitig das Alte behalten, und als Peter meiner Unsichtbarkeit einen Namen gab, habe ich nicht gesagt, dass ich nicht mit einem Bild verglichen werden will, das

eine Frau zeigt, die so abstrakt ist, dass man so gut wie nichts an ihr erkennen kann. Es hat mir sogar gefallen, mit dem Bild eines berühmten Malers verglichen zu werden.
Und ich habe auch nicht gesagt, dass ich nicht „My Little Ma Jolie“ genannt werden möchte. Ich habe es nur gedacht. Aber in Gedanken wird man nicht sichtbar.
Ich schwieg und verschwand. Nur dieses Mal nicht zwischen den Wiesen und Feldern der Sonntagsspaziergänge, sondern zwischen den Nasen, Augen und Ohren von „Ma Jolie“. Et voilà!
Ich drehe mich auf den Rücken, ziehe mir die Bettdecke bis ans Kinn und verschränke beide Arme hinter meinem Kopf. Über mir an der Zimmerdecke schwebt eine aus Stuck modellierte Frau. Ihr langes, welliges Haar reicht bis zu den Hüften, und das bodenlange Kleid liegt eng an ihrem Körper und umspielt ihre nackten Füße. Links und rechts von ihr liegen zwei große Drachen an ihre Knie geschmiegt und starren sie mit weit aufgerissenen Mäulern an. Sie aber kennt keine Angst und blickt unerschrocken lächelnd in die Ferne. Ich beneidete sie um diesen Blick.
Ich bin jetzt sechsunddreißig Jahre alt, und wenn ich in meine ferne Zukunft sehe, vergeht mir das Lachen. Was wohl damit zu tun hat, dass ich es gerade mal schaffe, mein Leben vom Bett ins Badezimmer zu planen!
Unter der Dusche höre ich Alanis Morissette, die findet, dass sie in dieser Welt nur überleben kann, wenn sie „a little bit crazy“ ist, und ich singe so laut mit ihr im Duett, dass ich das Läuten des Telefons

beim Refrain „In a world full of people ...“ beinahe überhöre.
Es ist Windelboot. Der Architekt des Restaurant-Umbaus. Er erklärt umständlich, dass mein neuer Entwurf noch nicht angenommen wurde, weil keine einstimmige Budgetentscheidung vorliege, da einer der Vorstände noch für zwei Wochen im Skiurlaub sei. Ja. Und weil er mit mir eventuelle neue Korrekturen besprechen möchte, benötige er eine Kopie der letzten Korrekturen und lade mich zum Mittagessen ins ‚PizzaPazza‘ in der Mommsenstraße ein.

8

Mit dem Vorsatz, Herrn Windelboot die Pläne nur dann zu geben, wenn er mir eine Budgetzusage unterzeichnet, mache ich mich auf den Weg ins ‚PizzaPazza', und bin schon ziemlich gespannt, denn in der letzten Ausgabe des *Designer's View* waren dem Restaurant sechs Seiten gewidmet, die klarmachten, dass dort nur hingeht, wer reich, schön oder am besten beides ist. Ich bin weder das eine noch das andere, aber Windelboot ist offensichtlich reich. Natürlich hat er das Restaurant ausgesucht, um mich zu beeindrucken. Und einzuschüchtern. Aber da hat er sich geirrt. Ich werde völlig unbeeindruckt meinen Mantel anlassen, nichts essen und gleich zur Sache kommen.
„Signora", haucht eine tiefe Stimme. Neben mir steht Bruno. So steht es jedenfalls in Hellblau auf seinem enganliegenden T-Shirt, das perfekt zum cremefarbenen Boden, den hellblauen Ledermöbeln und den cremefarbenen, mit Leder bezogenen Wänden passt. Brunos weizenblondes lockiges Haar durchziehen feine hellblaue Strähnchen, und seine Augenfarbe verbirgt sich hinter onyxfarbenen Kontaktlinsen, die ganz natürlich zu den dezent leuchtenden Onyxwänden passen und meinen überhaupt nicht dazu passenden Mantel großzügig ignorieren. Bevor ich reagieren kann, wird der auch kurzerhand in der Garderobe ent-

sorgt, und fassungslos, meinen Mantel ohne den geringsten Widerstand abgegeben zu haben, folge ich Bruno durch zwei riesige Räume, die sich nur durch das Lichtdesign unterscheiden, zu einem großen runden Tisch, der neben einer sündhaft teuren Lichtskulptur von Kiazo Kiamamoto steht.

Beeindruckt lasse ich mich auf das handschuhweiche Leder eines maßgefertigten Muratti-Stuhls fallen, und um den Blick in Brunos strahlende Onyxaugen zu vermeiden, sehe ich auf seinen muskelbepackten braungebrannten Körper, der so zeitintensiv betreut wird, dass er von dieser Welt, abgesehen von Sonnenbänken und Fitnessstudios, noch nicht allzu viel gesehen haben kann.
„Die Speisekarte. Heute empfehlen wir Austernpilze auf Risotto Veneziano an Trüffel-Hot-Vollai", schnurrt Bruno, und ich werfe einen Blick auf die plexiglastätowierte Speisekarte. Auch das Essen ist beige. Kein rotes Fleisch. Keine Tomatensoße. Nur weiße Trüffel. Austern. Spargel. Fisch. Pasta. Basta.
„Frau Terry! Sie sehen blendend aus! Schade, dass wir so selten Gelegenheit haben, uns persönlich zu treffen. Immer nur telefonieren!" Windelboot, wie immer pünktlich fünf Minuten zu spät, mit ausgestrecktem Arm und federndem Schritt auf mich zu. In seinem Windschatten seine Assistentin Fräulein Chromzucker und der Projektleiter Herr Nichmich.
„Dann können wir ja anfangen!" sagt er, nachdem er neben mir Platz genommen hat, und verschränkt seine Finger so vor dem Gesicht, dass die Zeigefinger seine Nasenspitze berühren.

Er hat für dieses Gesicht bestimmt teuer bezahlt. Auch Peter verfügt über solche Gesichter. Allerdings für Anwälte. „Vertrauen-Sie-mir-Gesichter". „Die-Zeit-ist-unser-Freund-Gesichter". Und: „Das-dürfen-wir-uns-nicht-bieten-lassen-Gesichter". Alle sechs Monate verbringt Peter ein Wochenende in einem Luxushotel, wo er und sein Gesicht von einem Coach auf Vordermann gebracht werden. Die glücklichste Zeit in unserer Ehe waren die drei Monate nach dem Seminar „Den-anderen-so-sehen-wie-er-wirklich-ist". Peter wollte plötzlich von mir wissen, was ich denke. Fühle. Sehe. Und er sagte mit vertrauensvollem Blick: „Ich sehe, was du meinst", oder: „Beschreibe, was du denkst". Damals hatten wir auch richtig guten Sex, denn Peters Ehrgeiz ging so weit, dass er auch meinen Orgasmus verstehen und sehen wollte.
Herr Windelboot hat wahrscheinlich gerade ein „Team-Seminar für Führungskräfte" hinter sich, denn er spricht ausschließlich in „Wir-Sätzen". Das werden wir schon schaffen. Wir werden sehen.
„Danke, wir geht es gut", hat er vorhin am Telefon zu mir gesagt und es nicht einmal bemerkt. „Wir geht es gut, weil ich nach zehn Jahren Ehe wieder Single bin!" Und dann behauptete er, dass die Ehe eine Erfindung der Frauen sei und er jetzt glücklicher sei denn je zuvor. Ich habe nichts von Oxytocin und den Präriewühlmäusen erzählt und geduldig zugehört, bis Windelboot vom „Umbau meines Lebens" zum „Umbau meines Restaurants' wechselte und endlich über die korrigierten Pläne sprach.
Die liegen jetzt in der schwarzen Ledermappe, die Peter mir zum ersten Hochzeitstag geschenkt hat, und

während Fräulein Chromzucker ihren Notizblock auf den Tisch legt und Herr Nichmich schon mal seine Brille aufsetzt, sieht sich Windelboot die Pläne an und sagt, ohne mich anzusehen:
„Tja, Frau Terry. Wir hoffen auf Ihr Verständnis. Die Kosten! Sie verstehen, was wir meinen?
Äh ... ich meine, wir verstehen, was Sie meinen. Mit Ihrem Entwurf. Aber wir denken, dass wir das Konzept noch einmal überdenken müssen.“ Und dann verschränkt er seine Arme und schweigt. Ich schweige auch. Was soll ich sagen? „Geld her!“ Oder: „Toll. Ich liebe verschobene Projekte.“
Nichmich, der sich kurz entschuldigt hatte, setzt sich und schwärmt ganz euphorisch von dem tollen Lichtdesign in der riesigen Toilette, und während Fräulein Chromzucker Nichmich erklärt, wie wichtig die richtige Beleuchtung im Leben ist, fällt mein Blick durch das große Fenster auf die gegenüberliegende Straßenseite, wo in blauer Neonschrift über einer armseligen Tür aus vergilbtem Milchglas und rostigem Metall „Mystery Island“ steht und darunter klein, rot und unruhig flackernd: „Spielend die Welt vergessen.“
Fred findet, dass Spieler die absurdesten Menschen sind, weil sie einem Gott vertrauen, der würfelt. Ganz im Gegensatz zu den Schauspielern, die ihr Spiel niemals dem Zufall überlassen würden.
Das ist auch der Grund, warum Fred meiner Unsichtbarkeit misstraut, denn auch ich vertraue dem Zufall und verschwende meine unsichtbare Zeit mit Sonntagsspaziergängen, Peter oder Windelbooten aller Art.
„So ein Zufall, dass wir alle das gleiche essen“, unterbricht Fräulein Chromzucker meine Gedanken und

strahlt mich beseelt und auf eine Art und Weise an, die vermuten lässt, dass sie an Fügung und Schicksal glaubt. Wenn sie könnte, wie sie wollte, würde sie im nächsten Satz wahrscheinlich nach meinem Sternzeichen fragen. Aber schließlich ist sie ein Profi und weiß, dass man im Job nicht nach dem Horoskop fragt.

„Haben Sie etwas entworfen, was ich kenne?" fragt sie stattdessen.

„Ja. Zum Beispiel so etwas Geniales wie die Zitronenpresse von Herrn Starck", sagt Nichmich und versucht vergeblich, den Namen französisch auszusprechen.

„Einen Terry-Ake, oder Terry-Er zum Beispiel", meint Fräulein Chromzucker und findet das komisch. Da klingelt zum Glück Windelboots Mobiltelefon, und ich nutze die Gelegenheit, um zu verschwinden, denn Windelboots Telefonate dauern immer sehr lange.

Nichmich hat nicht übertrieben. Die Toilette ist riesig. Eigentlich ist es eine Toiletten-Zwei-Raum-Wohnung. Der erste Raum erinnert mich an Peters nobles Single-Apartment, das er in den Londoner Docklands bewohnte, als wir uns kennenlernten. Peter war damals wahnsinnig stolz darauf, eine kleine Dachterrasse zu haben, und wir verbrachten jede freie Minute auf dem zugigen Vorsprung mit Blick auf die Themse.

Fassungslos stehe ich vor einem dunkelviolett lackierten Sideboard von All & Italy, auf dem sich mehrere zueinander passende riesige Vasen und Schalen von Venturini aus rosarotem feinsten mundgeblasenen Murano-Glas befinden, die ein Vermögen wert sind. Darüber hängt ein Flatscreen von Peng und Alofson, indem Videoclips leise vor sich hin trällern. Alle

Wände sind mit einer purpurfarbenen Tapete von Sianso aus echter chinesischer Seide bespannt und haben dasselbe florale Thema wie die beiden mitten im Raum stehenden riesigen Sofas von Beeing-Divani. Dazwischen steht auf einem tiefen Couchtisch ein Aschenbecher mit der Aufschrift „Check it Baby", und im Bodentank darunter leuchtet ein Internetanschluss. Die Frau von heute checkt also auf dem Weg ins Klo erst ihre Mails und ob ihr Look mit dem der aktuellsten Videoclips mithalten kann, und geht dann, von ihrem Instinkt geleitet, an einer verspiegelten Nische mit Wasserfallprojektion vorbei an den riesigen Waschtisch aus leuchtendem Onyx, wo sie ihr Make-up checkt. Und was checkt sie, nachdem sie endlich hinter einer schmalen Glastür die Toiletten gefunden hat?
Frustriert setze ich mich auf den heruntergeklappten Klodeckel und checke, während ich auf meine onyxhintergrundbeleuchteten Oberschenkel starre, dass ich eine Niete bin, weil allein der Waschtisch in dieser Toiletten-Zwei-Raum-Wohnung so viel gekostet hat wie der gesamte Umbau meines Restaurants.
Was für ein Elend! Ich warte wegen ein paar Nullachtfünfzehn-Installationen und einer popeligen Wandverkleidung aus Kirschholz seit zwei Monaten auf die Budgetfreigabe, während hier ein Designer Zigtausende in eine Toilette versenken durfte.
Um mich zu beruhigen, improvisiere ich eine Yoga-Übung. Atme langsam ein und aus. Mache das Onyxlicht zu meiner inneren Sonne. Und höre im Nebenraum das vertraute Läuten des Big Ben.
Ein Wunder? Nein. Ein Mobiltelefon.
„Hallo?!! Hi! I am fine! My luggage is already in your

apartment. When? 8 o'clock. Cinemaxx, Potsdamer Platz. Cine 3. Okay! See you there!!!"
Dieses unverwechselbare, durch Mark und Bein dringende Organ kenne ich doch! Ziemlich irritiert verlasse ich mein Yoga-Klo, und als ich die Tür in den „Ladies' Room" öffne, traue ich meinen Augen nicht. Vor mir sitzt tatsächlich Jill Plumhammer lässig auf dem Sofa. Auf dem Tisch vor ihr steht ein Glas Milchkaffee, passend zu ihrem enganliegenden hellblauen Cashmere-Pullover, der unter einer meterlangen um ihren Hals gewickelten Kette aus riesigen Bernsteinen hervorblitzt. Dazu trägt sie einen langen cremefarbenen Veloursledderrock und spitze hellblaue Cowboystiefel. Jill hat sich in all den Jahren, in denen wir uns nicht gesehen haben, nicht verändert. Nur die aschblonden Haare trägt sie jetzt weizenblond. Und länger.
„Jill?" frage ich vorsichtig.
„Jane?" fragt Jill, als ob eine Stimme aus dem Jenseits Kontakt zu ihr aufgenommen hätte, und dreht ihren Kopf ganz langsam in meine Richtung. Und es dauert ein paar Sekunden, bis die gute alte „Plumji" sich auf mich stürzt und mich herzlich umarmt:
‚Jane! Du bist es wirklich? Ich glaub es nicht! Was machst du denn hier?"
„Naja ... was man hier so macht ...", sage ich und lächle verlegen.
„Nein! Ich meine, in Berlin!"
„Ach. Ich lebe hier. Und du?"
„Ich bin in der Stadt, weil mein neuestes Baby vorgestellt wird. Der neue Bürostuhl von Pomidori. Ich habe ihn Cool Savage Nr.1 genannt. Cool! Nicht? Das ist auch das Motto der Kampagne. Sexy in the Office!"

„Wie sexy ist er denn?“ frage ich und versuche mir einen erotischen Bürostuhl vorzustellen.
„Na ja, er ist ganz aus Leder, aktiviert die Bauchmuskulatur, verhindert Doppelkinn und verfügt über eine stufenlos verstellbare Kamasutra-Hydraulik. Manager zwischen 45 und 65 sind ganz verrückt danach. Auch der Typ, bei dem ich wohne, hat einen bestellt. Handgenäht. Nubukleder. Mit stufenlosem Kamasutra zum Preis von 15.000 Euro. Mein Baby ist der Porsche unter den Bürostühlen!“
Plumji konnte schon während des Studiums, ohne auch nur einmal mit der Wimper zu zucken, jeden Schwachsinn als geniale Idee verkaufen. Gut sichtbar war sie das genaue Gegenteil von mir, und niemals um eine Antwort verlegen stand Plumji schon damals immer in ihrem eigenen Licht und benötigte keine Beleuchter.
Bestens gelaunt nimmt sie einen Schluck Milchkaffee, und als wäre die ‚PizzaPazza‘-Toilette eine Suite im Ritz-Carlton, bittet sie mich, Platz zu nehmen.
„Du fühlst dich hier ja wie zu Hause“, sage ich und versinke in feinstem Tuch.
„Klar. Ist ja auch von mir. Den Laden hab ich entworfen. Gefällt er dir?“
Rechter Haken. K.o. in der zweiten Minute. Ich spüre, wie sich mein Magen zu einem Klumpen Eifersucht verdichtet, weil es ihr gelungen ist, den Traum eines Designers zu leben!
Nicht, dass ich gern so wäre wie Plumji. Für Peter zum Beispiel wäre so eine Frau ein Albtraum. Aber es muss doch noch etwas zwischen „unsichtbarer Versagerin ohne Budget“ und „Plumji ohne Preislimit“ geben!

Während ich überlege, ob eine Mischung aus Jill und Jane ein Kompromiss sein könnte und ob „Jijane Plumterry“ irgendeinen Sinn ergibt, erzählt Jill, dass sie zwei Jahre an dem Bürostuhl gearbeitet hat und keine Sekunde daran zweifelte, dass Cool Savage Nr.1 ein Riesenerfolg wird. Ja. Und dass sie zurzeit die erfolgreichste britische Designerin ist. Ihr Erfolgsrezept: „Weil ich die Beste bin, ist nur das Beste gut genug für mich!“ Diese Einstellung hat die Betreiber des ‚PizzaPazza‘ zwar fast in den Ruin getrieben, weil sie das Budget um das Fünffache überzogen hat, aber: „Heute lieben sie mich! Wäre sonst der Laden in allen Designmagazinen? Nein, natürlich nicht! Ich habe für dieses Baby gekämpft, und sie haben mich dafür gehasst. Und jetzt ist es ihres, und plötzlich wollen alle nur noch Babys von mir!“ sagt Jill und gibt mir eine Einladung zu ihrer großen Cool Savage – Nr.1-Party, die heute Nacht ihr zu Ehren im „Foufous“ gegeben wird.
„Ich bestehe darauf, dass du kommst!“ sagt Jill beschwörend und erzählt mir, dass sie vorher noch mit dem Typen, bei dem sie wohnt, Schluss machen muss. „Hätte ich gewusst, was der für eine Dumpfbacke ist, hätte ich mich niemals auf eine Affäre eingelassen!“ Deswegen wird sie auch nicht mit ihm, sondern mit mir zur Party gehen! Und dann möchte Jill wissen, wie es meinen Eltern geht und was ich so treibe. Und ob ich verheiratet bin. Noch bevor ich antworten kann, öffnet sich die Tür und ein ziemlich verdutztes Fräulein Chromzucker steht vor uns:
„Frau Terry! Wir haben uns Sorgen gemacht. Ist alles in Ordnung?“ fragt sie irritiert und starrt uns an, als

wäre sie zu Gast in einer Sitcom und wir nicht von dieser Welt.
„Ja, alles in Ordnung“, sage ich, verabschiede mich von Plumji und folge einer hochqualifizierten Profi-Schattenpflanze namens Chromzucker. Hübsch. Blass. Platzsparend. In ein enganliegendes Businesskostüm verpackt. Mit fest entschlossenem Blick. Auch wenn es für sie gar nichts zu beschließen gibt.
Als wir an den Tisch kommen, hört Windelboot gerade auf zu telefonieren, nimmt die Pläne, trinkt seinen Espresso im Stehen und sagt dynamisch und voller Zuversicht:
„Die Zeit! Wir telefonieren! Auf Wiedersehen, Frau Terry!“ Und dann gehen die drei in derselben Reihenfolge, in der sie gekommen sind.
Als ich Bruno um die Rechnung bitte, erfahre ich, dass ich eingeladen wurde. Von Mrs. Plumhammer.
Gratuliere, Jane! Mit beeindruckender Konsequenz hast du wieder einmal nicht erreicht, was du dir vorgenommen hast!
Im Unterschied zu Jill. Sie lebt beeindruckend konsequent. Ist erfolgreich. Und hat Sex.
Während ich meine Zeit beeindruckend inkonsequent in Gedanken verbringe. Unerfolgreich bin. Und obwohl oder gerade weil ich verheiratet bin, keinen Sex habe. Worauf warte ich eigentlich noch?
Apropos warten! Ich bin seit einer halben Stunde mit Fred im Zoo verabredet, und während ich mit dem Taxi auf dem Kurfürstendamm in Richtung Gedächtniskirche fahre, wachsen mein Unmut und die Überzeugung, dass es für unsichtbare Menschen wie mich bestimmt einen medizinischen Begriff, zahlreiche

Medikamente und eine eigene geschlossene Abteilung gibt. Abgesehen davon, dass meine Unsichtbarkeit eine in sich geschlossene Abteilung ist. Mein ganz persönliches Gefängnis.

Aber aus einem Gefängnis kann man ausbrechen. Und weil zu jedem Ausbruchsversuch ein Komplize gehört, beschließe ich, mit der ahnungslosen Jill ins Kino zu gehen, um sie zu beobachten. Es wäre doch gelacht, wenn ich nicht auch ein bisschen Plumji sein könnte!

9

Als ich am Elefantentor aus dem Taxi steige, verdränge ich Fred zuliebe die Tatsache, dass ich Zoos nicht ausstehen kann. Für ihn ist ein Zoo ein Stück perfekte Welt. Für mich ist ein Zoo eine Welt, die so tut als ob. Eine gartenarchitektonische Illusion, verziert mit wilden Tieren.

Ohne nach rechts oder links zu sehen, eile ich vorbei an den alten Menagerien und staune über die wundersamen Tierhäuser des kolonialen Zeitalters, die in Form von Tempeln und Moscheen zwischen den langweiligen Tiergehegen der sechziger Jahre stehen. Lande versehentlich bei den Nashörnern. Und finde nur durch einen Zufall die schwere Metalltür des modernen und halb unter der Erde liegenden Nilpferd-geheges, dessen korrekte Bezeichnung „Flusspferd-Anlage mit Zwergflusspferdbereich und eigener Insel" ist.

Wenige Minuten später stehe ich vor einer gigantischen Glaswand, die einen riesigen, schwach beleuchteten Raum in der Längsachse halbiert, und sehe weit und breit kein Nilpferd, kein Zwergflusspferd und keine Insel. Dafür entdecke ich Fred ganz nah an der Wasserwand. Er sitzt auf seinem dreibeinigen Klapphocker und beobachtet das trübe Wasser so konzentriert durch sein Vergrößerungsglas, dass er mich erst bemerkt, als ich ihm zur Begrüßung einen Kuss auf die Wange gebe.

„Wo sind sie denn?“ flüstere ich.
„Wo warst du denn so lange? Ich dachte schon, du kommst nicht mehr. Siehst du die Schatten? Da hinten schwimmen sie“, antwortete er ohne mich anzusehen. In der Spiegelung der dicken Glasscheibe sehe ich Freds Gesicht und kann mir gut vorstellen, wie er als zwölfjähriger Junge ausgesehen hat. Fred Leibowitz. Nilpferdexperte. Damals besuchte er, sooft es seine schulfreie Zeit erlaubte, „sein Nilpferd“, das er Kurt genannt hatte, und wenn Kurt an manchen Tagen unter der undurchdringlichen Wasseroberfläche verschwand und keine Lust hatte, den Kopf aus dem trüben Wasser zu heben, stellte Fred sich vor, wie es dort unten aussehen könnte, und versuchte, telepathischen Kontakt zu Kurt aufzunehmen.
Eines Nachts im November 1943 wurde Berlin so stark bombardiert, dass auch der Zoo lichterloh brannte und die Tiere erstickten und verbrannten. Oder wie die Schlangen und Krokodile, nachdem die Becken im Aquarium zersprungen waren, erstarrt in der Novemberkälte lagen. Fred sah die dunklen Rauchfahnen über dem Zoo und rannte, so schnell er konnte, zu Kurt, und als er endlich vor dem Becken stand, schien es leer. Nur der Himmel spiegelte sich auf der Wasseroberfläche, und der Wind kräuselte kleine Wellen in die vorbeiziehenden Wolken. Fred fiel auf die Knie, so wie er es im Religionsunterricht gelernt hatte, und bat seinen Gott, Kurt wieder lebendig zu machen. Aber das Wasser blieb unbewegt, und Fred warf sich wütend auf den Boden, schrie und tobte und schleuderte eine Handvoll Kieselsteine in das Bassin. In jenem Augenblick beschloss er, nie wieder zu dem Menschengott,

der ihn sowieso noch nie erhört und diese Welt wahrscheinlich schon lange verlassen hatte, zu sprechen, und bat den Gott der Nilpferde um Hilfe. Und noch während Fred betete, hörte er ein sanftes Plätschern, und als er aufstand, um nachzusehen, woher dieses Geräusch kam, sah er, wie die ziehenden Wolken, die sich gerade noch im Wasser gespiegelt hatten, durcheinandergerieten, weil Kurts Ohren, Augen und Nüstern auftauchten, bevor endlich sein mächtiger Kopf aus dem Wasser ragte. Fred bildet sich bis heute ein, dass sein Nilpferd in jenem Augenblick lächelte, und am liebsten wäre er zu ihm ins Becken gesprungen, um ganz nah bei ihm zu sein. In Kurts friedlicher Unterwasserwelt. In der kein Krieg tobte. Und in der wenigstens ein Gott sich verantwortlich fühlte und hörte.
„Siehst du Nummer drei?“ fragt Fred und zeigt auf ein Nilpferd. „Das ist der Enkel von Kurt. Du erkennst ihn an der Form seiner Ohren! Ich habe ihn Karl genannt“, erklärt er, und während ich den Nilpferden beim Schwimmen zusehe, konzentriere ich mich auf Karls Nilpferdohren und versuche, einen Unterschied zu entdecken. Vergeblich.
Als die Tiere sich, Augen, Ohren und Nüstern über und den riesigen Rest des Körpers unter Wasser, ausruhen, nimmt Fred seine Thermoskanne aus dem Rucksack, und während wir Tee trinken, versuche ich ein Gespräch über mein Leben. Sage Fred, dass ich es nicht mehr aushalte. So unsichtbar. Aber nicht weiß, wie ich sichtbar werden soll.
„Ich weiß es auch nicht“, sagt Fred, und ohne meine Frage weiter zu beachten, erzählt er, dass Daniel sich gemeldet habe und für ein paar Tage in der Stadt sei.

„Sehr interessant“, reagiere ich genervt und finde es ziemlich unhöflich von Fred, auf meine Frage nicht zu antworten.
„Wenn du Daniels Buch gelesen hättest, wüsstest du, dass ein Erdbeben für ihn nicht interessant, sondern Mittel zum Zweck ist“, fügt er hinzu und, als könnte er Gedanken lesen: „Ich glaube, dass du dich einfach nur versteckst. Findest du das aufrichtig?!“
Freds stechender, unausweichlicher Blick macht klar, dass aus unserem Spiel Ernst geworden ist, und während ich versuche, seine fragenden Augen auszuhalten, denke ich an den jungen Mann auf dem Kinoplakat und dass es höchste Zeit wird zu verschwinden.
„Mich interessiert nicht, warum Daniel Pendelsteins Erdbebenfaszination aufrichtig ist! Mich interessiert, wie ich ...“
„... sichtbar werden kann, ohne sichtbar zu werden?“ beendet Fred meinen Satz.
„Ach! Du willst einfach nicht verstehen, dass ich etwas mehr Zeit brauche!“ antworte ich verärgert.
„Jane, wie lange willst du denn noch warten? Es bringt nichts, deine Schafsgeduld bis zur Vollkommenheit zu treiben. Du wirst dadurch nur zu einem lächerlichen Schaf. Mit Hörnern“, antwortet Fred seelenruhig.
„Wie kannst du mich mit einem Schaf vergleichen!“ frage ich die Glaswand, in der Freds Gesicht sich wie der Kopf eines Geistes im Wasser spiegelt und gerade die Farbe des dahinter vorbeigleitenden Nilpferdes angenommen hat, bevor er wieder durchsichtig wird.
Fred erwidert meinem sprachlosen Spiegelbild, dass er bleiben wolle, bis die Nilpferde gefüttert werden, ich aber ganz beruhigt gehen könne. Allerdings, auch

wenn ich schneller sei als das Licht, werde mich das, wovor ich wegliefe, einholen. Wo immer ich auch sei. Das sitzt!

Ohne Worte verlasse ich das Nilpferdhaus und gehe stramm und begleitet von einer Geruchswolke mit dem Absender „Paviangehege“ zum Bahnhof Zoo.

Warum habe ich gesagt, dass ich Daniel Pendelstein nicht treffen will, obwohl ich nichts lieber täte, als ihn persönlich zu fragen, was der „Erdbebenkontrollschwachsinn“ soll? Ein erwachsener Mann kann doch nicht im Ernst glauben, das Beben der Erde jemals in den Griff zu bekommen!

Und warum vergleicht Fred mich mit einem Schaf? Noch dazu mit einem, das Hörner hat. Und tief in meine ärgerlichen Gedanken vergraben, wünsche ich mir, dass meine Schafsgeduld bald zu Ende geht.

Im Briefkasten liegt zu meiner großen Überraschung Post von meiner Mutter. Eine Ansichtskarte aus Mallorca und ein Brief aus England. Der Brief war bereits seit zwei Wochen unterwegs und trug alle möglichen Poststempel und Korrekturzeichen, weil Ma's Schrift so unleserlich ist, dass nur Mr. Cooper in der Lage gewesen wäre, diesen Brief ohne Verzögerung zu überbringen. Der arbeitet aber in einer englischen Apotheke und nicht bei der Post. Die Ansichtskarte hatte sie letzte Woche in Palma de Mallorca aufgegeben. Dass meine Mutter überhaupt schreibt, ist beunruhigend genug. Normalerweise hinterlässt sie zu Zeiten, an denen sie sicher ist, dass ich nicht zu Hause bin, Nachrichten auf dem Anrufbeantworter.

Ich lese zuerst den Brief. Er beginnt mit „Liebe Jane“, und meine Ma schreibt, dass sie am Kühlregal in ihrem

Lieblingssupermarkt einen netten Mann kennengelernt habe und sie sich ganz wunderbar über tiefgefrorenen Dorsch unterhalten hätten und vom Hundertsten ins Tausendste gekommen seien, so als ob sie Seelenverwandtschaft verbände, und dass ihr so etwas noch nie zuvor passiert sei. Der Mann heiße Hilben Twain und sei ein besonders netter und gebildeter Mann in ihrem Alter. Ein kleines Wunder.
In der ersten Zeit hatten sie sich jeden Tag „zufällig" im Supermarkt getroffen. Aber nachdem Dad Anfang des Jahres in die psychiatrische Klinik gekommen war und sich seitdem weigerte, mit ihr zu sprechen, habe sie Hilben auch abends getroffen und sich entschlossen, Hilben nach Mallorca zu begleiten. Für eine Woche. Auch wenn sie wisse, dass sie sich eigentlich um Dad kümmern müsste. Aber sie könne seinen Anblick nicht mehr ertragen. Sie müsse jetzt auch einmal an sich denken. Ich würde das verstehen. Hab ja immer alles verstanden. Oder zumindest nie das Gegenteil behauptet. Außerdem würde sie sich ihre Ohren anlegen lassen, denn seit ihre Haare durch die Wechseljahre so schütter geworden seien, tauchten ihre Ohren beim kleinsten Windstoß auf. Und sie habe ihre Ohren noch nie gemocht. Fand Ohren schon immer hässlich. Wie im übrigen auch Nasen. Dann schickt sie mir Grüße und einen Kuss und sagt, sie verstehe, dass ich Dad nicht besuchen wolle, obwohl ich es doch noch einmal überdenken sollte. Er sei schließlich mein Vater. „Alles Liebe. Deine Ma."
Ich packe den Brief zurück in das Kuvert, und bevor ich die Ansichtskarte lese, ziehe ich die Schuhe aus und lasse ich mich auf das Bett fallen.

Die Postkarte, die meine Mutter für mich ausgesucht hat, zeigt einen kleinen Affen, der ein rotweißgestreiftes Kleid trägt und mit Tschinellen in der Hand unter einer Palme Fahrrad fährt. Über dem Affen steht: „Ist das Leben nicht schön?", und ich überlege, ob meine Mutter mir mit diesem Foto etwas sagen will, und wenn ja, was?

Auf der Rückseite hat sie eine lachende Sonne gezeichnet und darunter in ihrer winzigen Schrift „Liebe Jane, Hilben und ich haben eine wunderbare Zeit! Cheers! Ma" geschrieben. Darunter steht schwungvoll und so groß wie Ma's gesamter Text: Hilben S. S. Wie Stuard. Oder Shipman. Oder Stepfather.

Meine Mutter zeichnet lachende Sonnen und hat einen Freund. Wer hätte das für möglich gehalten! Ich warte auf ein entsprechendes Gefühl. Aber es kommt keines, und es kommt auch kein entsprechendes Bild. Nie hätte ich gedacht, dass meine Mutter meinen Vater verlassen würde. Aber ich hätte auch nicht gedacht, dass sie Nasen und Ohren nicht mag. Was weiß ich schon von meiner Mutter! Kurze Zeit nachdem ich mit Peter nach Berlin gezogen war, hatte mein Vater sein ursprünglich heimliches überschaubares Trinken nicht mehr unter Kontrolle, und nachdem er an einem Sonntagnachmittag beobachtet wurde, wie er torkelnd über ein Feld marschierte und mit einem Skalpell einen Busch attackierte, riefen aufgebrachte Naturschützer die Polizei. Die brachte meinen tobenden Vater in die Ausnüchterungszelle, und als meine Mutter ihn vierundzwanzig Stunden später abholte, stand er zitternd vor ihr. Ein Schatten seiner selbst. Für meine Mutter war da kein Platz mehr, und sie musste erkennen, dass sie nach jahrzehntelangem Schattentauchen plötzlich allein im grellen Licht ihres eigenen Lebens stand. Den verletzenden Blicken der Nachbarn ausgesetzt. Die es ja schon immer gewusst hatten, dass man mit so einem Mann nicht glücklich werden kann. Und mit so einer Tochter. Die nie da ist.

Ma brachte meinen Vater nach Hause, besorgte sich Fachliteratur zum Thema „Alkoholismus und Entzugstherapien“, und mein schalldichtes Kinderzimmer wurde sein Schlafzimmer.

Aber nachdem weitere sechs Monate später alle Entzugsmaßnahmen gescheitert waren und Dad nicht daran dachte, sich vom Alkohol zu verabschieden, war Ma mit ihrem Latein am Ende. Sie gab ihm eines Tages ein paar Valium, brachte ihn in die Psychiatrie und sagte, dass sie ihn erst wieder abholen würde, wenn er mit dem Trinken aufgehört habe.

Dad weigert sich aber. Und er weigert sich auch, mit meiner Mutter zu sprechen. Sie hat alles falsch gemacht. Sagt er. Und sie ist an allem schuld. Mit allem meint er wohl mich.

Als ich Melanie bei einem unserer Telefonate von Dad's Beratungsresistenz erzählte, erklärte sie mir, dass unsere Väter Auslaufmodelle sind, weil sie der Generation „Eroberungskriege: ja – persönliche Entwicklung: nein danke“ angehören und lieber aussterben, als Veränderungsprozesse zuzulassen.

„Bist du sicher?“ fragte ich.

„Ziemlich sicher“, antwortete Melanie. „Der letzte Evolutionssprung, den ‚Mann‘ vollzogen hat, liegt Lichtjahre zurück. Damals mussten wir Frauen die Keule abgeben, weil in einer Sternstunde des Testosterons ein Typ dahintergekommen war, dass er das Kind, das neun Monate später das Licht der Welt erblicken sollte, gemacht hat. Aber seit wissenschaftlich erwiesen ist, dass Männer evolutionsbiologisch fehlerhaft sind, weil die Natur statt des zweiten X-Chromosoms, das bei uns Frauen wie eine wechselseitige Sicherheitskopie funktioniert, nur ein verkürztes Y-Chromosom installiert hat, was wiederum zur Folge hat, dass genetische Verluste sich immer vom Vater auf den Sohn vererben, ist der Wechsel in die Chefetage nur noch eine Frage der Zeit ... Und unter wirtschaftlichen Aspekten auch längst überfällig ... Schon Darwin hat sich gefragt, warum der Pfau so absurd lange Schwanzfedern hat. Hast du dich noch nie gefragt, warum die eine Hälfte der Population, bei uns Menschen also die Männer, jahre- oder gar jahrzehntelang aufgezogen, gehätschelt und ernährt werden muss, nur um irgendwann einmal ein paar Samen zu spenden? Wozu diese Verschwendung?" fragte Melanie, und mir fehlten die Worte.

„Keine Ahnung ... Unter diesem Aspekt habe ich Peter bisher noch nicht betrachtet. Findest du nicht, dass dein Männerbild ziemlich negativ ist? Es wäre doch schrecklich langweilig, wenn die Männer aussterben würden. Glaubst du wirklich, dass wir auf sie verzichten könnten?" fragte ich aufmunternd.

„Das nur einen halben Millimeter kleine und im Wasser lebende Rädertier ‚Philodina roseola' kann es. Das lebt seit Dutzenden von Jahrmillionen. Bescheiden. Männchenlos. Und ohne Sex. Aber wir wollen ja unbedingt die unbescheidene Sexvariante mit einem Luxusvehikel namens Mann!"

„Was soll das denn heißen?“ fragte ich und überlegte, ob Melanie unter PMS litt.
„Die Natur hat den Mann in erster Linie erfunden, um die Gene von den Müttern zu den Ehefrauen zu befördern. Den Rest haben wir erfunden!“
„Würde das evolutionsbiologisch ihre Leidenschaft für Autos erklären?“ fragte ich.
„Quatsch! Dieser Luxusvehikel-Fuhrpark ist dazu da, das weibliche Erbgut zu durchmischen.
Leider ein ziemlich kostspieliges und ineffektives Transportunternehmen“, seufzte Melanie.
„Wieso kostspielig?“ fragte ich.
„Weil Wissenschaftler ausgerechnet haben, dass alle Männer der Welt ungefähr eine Million Liter Sperma pro Tag produzieren, obwohl ein Mann mit einer einzigen Ejakulation alle Frauen Europas befruchten könnte. Da stellt sich doch die Frage, wie der mit dem Begriff ‚doppelte Kosten für Männchen‘ bezeichnete Mehraufwand, den Männer erzeugen, wieder reinzuholen wäre?“ fragte Melanie, ohne eine Antwort zu erwarten, und wünschte mir noch einen schönen Tag.
Die Frage der doppelten Kosten, die mein Vater im Augenblick verursacht, stellt sich für mich nicht und ist bestimmt durch seine private Krankenversicherung abgedeckt. Aber was mich beunruhigt, ist die Tatsache, dass mein Vater in der Lage wäre, alle Frauen Europas zu befruchten. Ganz zu schweigen davon, dass theoretisch ganz England zu Prince Charles Daddy sagen könnte.
Und wie immer, wenn ich an meine Familie und an England denke, werde ich müde. Sehr müde.

10

Ein Klingeln. Wird immer lauter. Und irritiert mich. Ich reite gerade auf Kurt über eine öde weite Sumpflandschaft. Habe das Gefühl zu fliegen. Plötzlich halte ich ein Telefon in der Hand, und Fred besteht darauf, dass ich sofort zur Schur gehe. Weil mein Schaffell schon viel zu lang und verfilzt ist. Und während ich in einer scharfen Linkskurve das Gleichgewicht verliere und Kurts Nilpferdrücken verlasse, rufe ich: „Ich bin kein Schaf!"
Ein langes „... aaaf!" stöhnend, wache ich auf, und während das Telefon neben mir auf dem Fußboden ein letztes Mal zu hören ist, fällt mein verschlafener Blick auf den Wecker. Es ist kurz nach sieben. Und ich wollte pünktlich um acht Uhr im Kino sein.
Ich beschließe, meine Haare offen zu tragen. Wie Jill. Nur kürzer. Und weizenbraun. Statt weizenblond. Und in meinem dunkelblauen Hosenanzug, einem dunkelgrauen Kurzarmshirt und den dunkelblauen Herrenschuhen von John Lobb, die ich vor Jahren in der Kinderabteilung bei Harrod's im Ausverkauf erstanden habe, finde ich mich ziemlich übersehbar. „Bin", als ich in meinem kleinen Mini zum Potsdamer Platz fahre, „Agent Jane Terry ready for Mission Invisible".
Allerdings sieht es so aus, als ob meine Mission in einem sehr frühen Stadium scheitert, denn als es im

Kinosaal dunkel wird, ist von Jill Plumhammer weit und breit nichts zu sehen, und es überfallen mich quälende Zweifel. Hat mein Kommunikationssystem versagt? Oder haben meine Zeitinseln wichtige Informationen für meine Ohren falsch verortet? Was mache ich hier überhaupt!?
Ungläubig sehe ich, wie die erste von sechs Saaltüren geschlossen wird. Der Countdown läuft. Fünf. Vier. Drei. Zwei. Da endlich taucht Jill in Begleitung eines Mannes im Gegenlicht der letzten noch offenstehenden Tür auf, und als sich die beiden setzen und ihre Körper hinter den bequemen Rückenlehnen der Kinostühle verschwinden, sehe ich mit Genugtuung, wie ihre Silhouetten die letzte Lücke der wie Perlen aufgereihten Hinterköpfe schließen.
Meine Nervosität weicht einem angenehmen Gefühl aufgeregter Überlegenheit, und ich lehne mich zurück, um den Zustand der Entspannung zu genießen. Wäre da nicht das penetrante Schmatzen meines Nachbarn. Aus dem Augenwinkel sehe ich seine strähnigen Haare, die dünn und ausgefranst vom Kopf hängen und den Blick auf sein speckiges Profil freigeben. Sein Pullover riecht wie die alte Pferdedecke von Onkel Horatius' Kutschgaul, und die Hosen, die darunter zum Vorschein kommen, sind aus abgewetztem Jersey und haben eine abgesteppte Bügelfalte, die so scharfkantig ist, dass sie sogar im Dunkeln Schatten wirft. Während seine linke Hand wie ein Schaufelbagger Unmengen von Popcorn aus einem Maxibecher in einen schmallippigen Mund befördert, liegt die andere wie gelähmt auf seinem rechten Knie, und ich frage mich, wer so einen Mann will und ob Dopamin und Noradrenalin

auch diesem Exemplar gewachsen sind.
Das Ende der Werbung unterbricht meine nachbarschaftlichen Überlegungen, und die einsetzende Filmmusik inszeniert meine Unsichtbarkeit in nie dagewesener Emotionalität. Richtig aufwendig. Aber trotzdem irgendwie jämmerlich. Und während einer Passage, in der besonders viele Geigen zu hören sind, gerät mein Gefühl der Überlegenheit für einen Augenblick in ernste Gefahr.
Der Film erzählt die Geschichte eines Drehbuchautors, gespielt von Nicolas Cage, der versucht, nicht verrückt zu werden, und sich in eine Journalistin, gespielt von Meryl Streep, verliebt, die am Ende des Films verrückt wird. Aber eigentlich geht es um einen Orchideenzüchter, der total verrückt aussieht, aber der einzig Normale in dem Film ist, und während ich mich frage, ob ich normal bin und was schon normal ist, sehe ich immer wieder zu Jill, beruhigt, einen vertrauten Menschen in einem Meer von unbekannten Hinterköpfen zu wissen.
Leider verlassen die beiden den Kinosaal, noch bevor der Film zu Ende ist, und als ihre engumschlungenen Körper hinter der Fahrstuhltür in die Tiefgarage verschwinden, schaffe ich es gerade noch rechtzeitig zu meinem Auto, bevor ein schwarzer dicker Mercedes mit getönten Heckscheiben das Parkhaus verlässt. Ich kenne dieses Auto. Ich kenne es sehr gut. Es ist Peters Auto. Unser Auto. Und auf dem Beifahrersitz sitzt Jill Plumhammer.
Wie in Trance trete ich aufs Gaspedal und muss mich ziemlich anstrengen, den Mercedes im dichten Verkehr nicht aus den Augen zu verlieren, denn Peter fährt wie

immer viel zu schnell, und ich habe große Mühe, unerkannt zu folgen.
Mein Herz klopft bis zum Hals. Träume ich? Bin ich heute Morgen einfach liegengeblieben und habe es bis jetzt nicht gemerkt? Dann möchte ich jetzt bitte aufwachen! Aus diesem Albtraum.
Aber als ich im Autoradio höre, dass es morgen bei vierundzwanzig Grad über Null regnen wird, weiß ich, dass ich hellwach bin und gerade mit meinem Mini meiner Vergangenheit hinterherrase.
Peter hat eine Geliebte. Trifft sich abends heimlich. Anstatt in Meetings zu sitzen. Mit Engländern. Oder Holländern. Ha! Die immer so viel trinken! Ha! Ich habe ihm wirklich geglaubt, dass er so schwer und lange arbeiten muss. Habe meine Erwartungen rationiert und war stolz auf meinen vielbeschäftigten Ehemann. Für den ich meine einsame Ehe als energiesparend zurechtgerückt habe. Für wen? Und wofür? Für Jill Plumhammer?
Aber dieses Mal verschwinde ich nicht zwischen dem hygienischen Dr.-Best-Grinsen meines Vaters, dem Schattentauchen meiner Mutter oder den Ohren und Nasen von „Ma Jolie". Sondern aus Peters Leben.
In der Potsdamer Straße hält Peter vor einer kleinen Bar, und leichtfüßig wie eine Heuschrecke springt er aus dem Wagen und gibt den Autoschlüssel einem jungen Mann im schwarzen Frack, den er offensichtlich gut kennt, denn die beiden wechseln noch ein paar Worte und lachen, während Jills lange Beine elegant aus dem Mercedes wachsen, und als wäre der Teppich, der auf den wenigen Metern bis zur Tür verhindert, dass ihre High-Heels Kontakt zum Schmutz

dieser Erde aufnehmen, nicht aus rotem Filz, sondern aus rohen Eiern, schwebt sie, als hätte sie Helium im Blut, aus dem Wagen. Und Peter küsst ihre Hände.
So habe ich Peter noch nie erlebt. Aber was weiß ich schon von Peter!
Als die beiden Händchen haltend in der Bar verschwinden, überlege ich, was ich tun soll. Nach Hause fahren? In die Bar gehen? Was, wenn die beiden neben der Tür sitzen? Sie nicht sehen? Und wieder gehen? Ich entscheide, dass ich das entscheiden werde, wenn es soweit ist, und als der Mann auf dem roten Teppich seinen Zylinder vor mir zieht und mich zu laut und zu fröhlich begrüßt, lächle ich verlegen und betrete todesmutig den kleinen halbrunden Raum, der nur durch einen schweren schwarzen Samtvorhang von der eigentlichen Bar getrennt ist. Höre Stimmen. Und Musik. Und als ich vorsichtig eine Stoffbahn zur Seite ziehe, sehe ich zu meiner Erleichterung, dass, soweit mein Auge reicht, kein Peter zu sehen ist.
So selbstverständlich wie möglich gehe ich, mein Handy fest ans Ohr gepresst, in den schmalen und sehr langen Raum und tue, als ob ich telefoniere, während ich mich so beiläufig wie möglich in eine Nische direkt an die Bar setze und mich vorsichtig umsehe.
Es dauert eine ganze Weile, bis sich meine Augen an das schummrige Licht gewöhnt haben, und schließlich entdecke ich die beiden an einem kleinen Tisch.
Hellwach und zugleich wie betäubt beobachte ich, wie mein Ehemann zärtlich Jill Plumhammers Schultern berührt und, nachdem er etwas in ihr Ohr flüstert, das sie zum Lachen bringt, ihren Mund küsst.
Wann hat Peter mich das letzte Mal zum Lachen ge-

bracht? Vor einem Jahr? Ich erinnere mich nicht. Und warum flüstert er mit ihr?
Ich bestelle einen doppelten Whisky mit Eis und versuche, während ich auf meinen Drink warte, von Peters Lippen abzulesen. Vergeblich. Zu oft verschwindet sein Mund hinter Jills langem Haar, und zu oft verdeckt seine Hand ihr Gesicht, wenn er zart ihre Wange berührt.
Ich streiche nervös eine Haarsträhne aus meinem Gesicht, und ohne den Blick von Peter und Jill abzuwenden, nehme ich dem Barkeeper den Whisky, den er gerade vor mich hinstellen will, aus der Hand und leere das Glas in einem Zug.
„Wollen Sie noch einen?“, fragt der Barkeeper, und sein Blick verwandelt „wollen“ in „brauchen“. Ich antworte, während ich das Mobiltelefon aus meiner Handtasche wühle, müde lächelnd: „Nein, danke. Oder ja. Warum nicht?“ und wähle Peters Nummer. Nicht, um mit ihm zu reden. Ich will nur sein Gesicht sehen, wenn er meine Nummer auf seinem Display entdeckt und mich wegdrückt. So, wie einen Toten, den man noch einmal sehen möchte, um sich danach für immer von ihm zu verabschieden.
Als das Telefon in seiner Sakkotasche vibriert, unterbricht er mit einer kleinen „Tut-mir-leid-Schatz“-Geste sein Flirten, und als er meine Nummer auf dem blau leuchtenden Display sieht, drückt er mich so schnell aus seinem Telefon, dass sein Gesicht gar nicht die Zeit hat, sich entsprechend zu verändern. Dann macht er das Handy aus und legt es wie eine heiße Kartoffel vor sich auf den Tisch.
Jill hat sich in diesen paar Sekunden, in denen mein

auf Überleben getrimmter Verstand meinen Kopf und meinen Bauch wie mit der Guillotine voneinander getrennt hat, gelangweilt umgesehen.
Aber ich bin so unsichtbar wie noch nie in meinem Leben.
Nach meinem Anruf flüstert Peter kaum noch mit Jill und starrt stattdessen vorwurfsvoll auf sein Telefon. Als ob es schuld daran wäre, dass ich angerufen habe.
Der Barkeeper bringt mir noch einen Whisky. „Der ist von dem Herrn da drüben", sagt er und zeigt mit dem Kopf auf einen blonden Typen, der ganz sicher Tennis spielt.
„Nein, danke. Ich möchte zahlen", antworte ich und sehe, wie der Whisky-Spender seinen Barhocker verlässt und in meine Richtung schlendert.
Und auch Peter steht plötzlich auf.
Wenn die beiden sich kennen, wird es ungemütlich, denke ich und verschwinde blitzschnell hinter dem Tresen, um etwas zu suchen, das noch unsichtbarer ist als ich.
Als ich eine halbe Minute später vorsichtig meinen Kopf hebe, steht Mr. Tennis bereits strahlend neben mir, und hinter ihm verschwindet Peter im Gang zur Toilette.
„Glauben Sie an Paralleluniversen?" sagt er zur Begrüßung und tut, als würden wir uns schon ewig kennen.
„Sehe ich aus wie Lieutenant Uhura?" antworte ich und stelle seinen Whisky, ohne davon zu trinken, vor mich hin.
„Nein. Sie sind viel hübscher!" meint Mr. Tennis und trinkt auf mein Wohl. Und auf Star Trek.
„Wie bitte?" frage ich und gebe dem Kellner ein

Zeichen, dass ich gern zahlen möchte. „Lassen Sie nur. Ich mach das schon. Sie müssen doch nicht etwa schon gehen? Darf ich mich vorstellen? Ulrich Kern. Schon was von ‚Kerns köstlicher Konfitüre' gehört?"
„Leider nein. Ich wollte sagen: Doch. Muss ich. Gehen. Meine ich. Mein Mann wartet auf mich. Zu Hause", stammle ich und versuche einen Ausdruck des Bedauerns, als mein Handy piept.
„Das wird er sein. Er wartet bestimmt schon", sage ich völlig schwachsinnig und finde mein Mobiltelefon ausgerechnet dieses Mal beim ersten Griff in die Tasche. Auf dem Display erscheint tatsächlich eine SMS von Peter:

> „Entschuldige, Liebes. Du hast versucht, mich zu erreichen. Es wird heute Abend spät. Du weißt ja. Die Holländer. Warte nicht auf mich. Ich bin ab jetzt wieder im Meeting. Schlaf gut. P."

Ungläubig starre ich auf Peters leuchtende SMS.
„Na, dann Prost", sagt Konfitüre-Kern und reicht mir das Whiskyglas. „Jetzt haben Sie ja Zeit."
Gedankenverloren nehme ich das Glas und sehe, wie Peter von der Toilette kommt. Sein Gesicht wirkt angespannt. Aber nicht unglücklich. Und als wäre er wochenlang verreist gewesen, begrüßt Jill ihn mit einem innigen Kuss.
„Kennen Sie den Herrn?" will Kern wissen.
„Nein. Wieso? Ich kenne hier niemanden. Ich lebe nicht in Berlin. Ich bin Erdbebenforscherin. Normalerweise bin ich dort, wo die Erde bebt", sage ich kühl und fühle

mich überraschend gigantisch dabei. „Zurzeit mache ich einen kleinen Zwischenstopp in der Stadt. Bin nur auf der Durchreise. Nach Mexiko. Dort erwartet mich und mein Team ein Erdbeben der Stärke 9,5 auf der Richter-Skala. Da wird man ganz schön durchgerüttelt." Gelangweilt nehme ich einen großen Schluck Whisky und schüttle die Eiswürfel in meinem Glas.
„Das ist ja ganz schön mutig von Ihnen", sagt Kern, und sein bewundernder Blick lässt meine Eiswürfel tanzen.
„Finden Sie? Ach, man gewöhnt sich an alles", untertreibe ich und sehe mit Genugtuung, dass Peter sein Mobiltelefon anstarrt, während Jill auf ihn einredet.
„Auch unsere Konfitüren werden geschüttelt. So entsteht ihr unverwechselbares Aroma", bringt er sich erneut ins Spiel. „Meine Theorie ist übrigens, dass alles, was geschüttelt wird, gut ist. Auch das Raumschiff Enterprise wird häufig von starken Sonnenstürmen geschüttelt! Ist Ihnen schon einmal aufgefallen, wie bemerkenswert die Türen im Raumschiff Enterprise sind?"
„st Ihnen schon aufgefallen, dass Sie mich mit Ihrem Geschwätz zu Tode langweilen?," denke ich und habe weder Lust, mich über Konfitüre noch über Raumschiffe oder Türen zu unterhalten. Aber das müsste ich Kern schon sagen. Und nicht nur denken.
Ich fühle mich, als wäre ich in mehreren Paralleluniversen gleichzeitig. Neben mir tut ein mir völlig unbekannter Tennisspieler, als wären wir uralte Freunde, während ich, die Erdbebenforscherin Jane Terry, beobachte, wie mein Ehemann die Stardesignerin Jill Plumhammer küsst.
„Verstehen Sie, was ich meine?" fragt Kern, fest ent-

schlossen, Details zu erklären. Ich sehe verzweifelt zum Barkeeper, der an alles, nur nicht an meine Rechnung denkt, und sage:
„Ja. Automatisch."
„Ja ... Aber nicht der Aspekt, dass sie automatisch auf und zu gehen, fasziniert mich. Solche Türen haben wir ja auch. Es ist ihre Intelligenz, die mich fasziniert!"
Ich nicke trostlos und trinke meinen spendierten Whisky. Ex. Das erspart die Antwort. Allerdings fühlt sich Kern durch meine Reaktion bestärkt, weiterzureden.
„Die Türen gehen nicht nur auf, wenn jemand nahe an ihnen vorbeigeht, sondern sie scheinen immer treffsicher zu erkennen, ob derjenige auch durch sie hindurchgehen möchte. Ein Beispiel: Stellen Sie sich vor, jemand geht auf eine Tür zu und möchte hindurch: Die Tür geht auf. Und jetzt stellen Sie sich vor, jemand geht nahe an ihr vorbei, möchte aber nicht durch die Tür: Die Tür bleibt zu. Verstehen Sie? Das ist doch genial!"
„Sehr genial", sage ich und sehe, wie Peter dem Kellner winkt, weil er zahlen möchte.
„Finden Sie nicht auch, dass diese Türen erstaunlich gut Gedanken lesen können!?"
Der Kellner macht sich mit Peters Rechnung auf den Weg, und mir wird plötzlich von einem auf den anderen Augenblick klar, dass ich keine Sekunde länger mit diesem schwachsinnigen Türen-Blabla verbringen will. Und während Kern auf mich trinkt und noch eine Runde Whisky bestellt, sage ich zu meiner eigenen Überraschung ganz ruhig und scharf wie ein Rasiermesser:
„Herr Kern, schade, dass Sie keine Gedanken lesende

Tür sind, denn dann wüssten Sie, dass Ihr Geschwätz mich langweilt und ich keinen Whisky mit Ihnen trinken werde."
In diesem Augenblick des Triumphes kommt endlich der Barkeeper und reicht mir die Rechnung, und ich bezahle und fühle mich unwahrscheinlich gut, weil ich zum ersten Mal in meinem Leben sage, was ich denke. Und tue, was ich will. Und es wirkt. Kern geht. Grußlos.
Es ist auch höchste Zeit. In letzter Minute schaffe ich es, ungesehen die Bar zu verlassen und auf die Potsdamer zu fahren, bevor Peters Wagen aus der Parkbucht biegt und sich in den dichten Berliner Abendverkehr einfädelt.
Wenige Minuten später fahre ich durch eine Lindenallee mit alten Patrizierhäusern und sehe, wie Jill und Peter in einem eleganten, von zwei riesigen Oleanderblumentöpfen eingerahmten Eingangsportal verschwinden. Hier also trifft Peter seine Geschäftspartner.

11

In der zweiten Etage flackert seit wenigen Augenblicken Kerzenlicht hinter einer mit Efeu bewachsenen Glastür, die auf einen kleinen geschwungenen Balkon führt. Ich weiß, dass Jill romantisch ist. Und ich weiß, dass Peter panische Angst vor einem Zimmerbrand hat und allein die Vorstellung bei ihm zu totalem Potenzverlust führt. Also warte ich auf ein entsprechendes Gefühl. Aber ich verspüre weder Eifersucht. Noch Trauer. Noch Schadenfreude. Ich fühle mich einfach nur elend.

Wäre Fred jetzt bei mir, würde er mir gratulieren, weil mein Schicksal es gut mit mir meint.

„Eine Ehe macht nur Sinn, wenn sie Energie erzeugt. Wenn sie Energie spart, ist sie ein Irrtum. Und einen Irrtum aufrechtzuerhalten oder ihm nachzutrauern ist dumm", findet er, und ich wiederhole mit halb geschlossenen Augen:

„Einen Irrtum aufrechtzuerhalten oder ihm nachzutrauern ist dumm. Einen Irrtum aufrechtzuerhalten oder ihm nachzutrauern ist dumm. Einen Irrtum aufrechtzuerhalten oder ihm nachzutrauern ist dumm."

Immer wieder. Wie ein tibetanischer Mönch.

Und hoffe, dadurch einen „Om"-gleichen Effekt der Erleuchtung in Gang zu setzen. Aber alles, was sich in mir in Gang setzt, ist ein quälendes „Ohmg". „Oh, mein Gott! Warum muss mir so etwas passieren! Ich überlege, ob es nicht besser wäre, einfach nach Hause zu fahren. Und so zu tun, als wäre nichts gewesen. Peter würde bestimmt nichts bemerken von seiner Affäre. Alles wäre wie immer. Für immer. Warum sollte Peter auch etwas ändern?

Ich bin doch das perfekte Alibi für seinen Seitensprung.

Ein Auto mit offenem Schiebedach kommt angerast, und während die lauten Bässe der Musik meinen Mini erzittern lassen, halte ich mir die Ohren zu, denn ich möchte auf gar keinen Fall diesen Augenblick musikalisch verewigen und meine aktuelle Top-fünf-Katastrophen-Song-Liste um einen Song erweitern. Es ist schlimm genug, dass ich *Major Tom* von David Bowie nie wieder hören kann, ohne an meine verkorkste Hochzeit zu denken, weil dieses Lied aus dem Radio trällerte, während ich mir die Zähne putzte, anstatt mit ungeputzten Zähnen ins Bett zu gehen. Peter hätte den Unterschied in seinem vom Alkohol vernebelten Zustand sowieso nicht bemerkt. „This is ground control to Major Tom, you've really made the grade!" hat David gesungen, während Major Tom im All verlorenging und Peter einfach eingeschlafen war.

Als ich mit meinen strahlendweiß geputzten Zähnen ins Bett stieg, wunderte ich mich, dass der Mann, der mich gerade noch auf Händen über die Türschwelle getragen hatte, mit leicht geöffnetem Mund und geschlossenen Augen auf dem Rücken lag. Und leise schnarchte. Naiv dachte ich, mein nagelneuer Ehemann tut nur so, als ob er schläft, und fand die Idee süß. Und romantisch. Aber dann sah ich, dass Peters

Augenlider heftig zuckten, als wäre er bereits in der REM-Phase angekommen. Und während ich fassungslos dalag und mit den Tränen kämpfte, fing Peter auch noch an, im Schlaf zu sprechen.
„Nicht zu diesen Konditionen!“ zischte er.
„Es ist alles gut, Schatz“, flüsterte ich in sein Ohr, während ich seine Wange streichelte. Aber als ich ihm einen zarten Kuss gab, fing Peter an zu knurren. Nicht laut und gefährlich. Eher wie ein kleiner Pinscher, der Angst um sein Leben hat. Und nachdem er eine ganze Weile so vor sich hin geknurrt hatte, hörte er plötzlich auf und fragte die Blumenvase, die neben ihm auf dem Nachttisch stand:
„Wie meinen Sie das?“
Ganz offensichtlich gefiel ihm die Antwort, die er von der Vase erhalten hatte, denn er grinste und quietschte wie eine alte Tür. Danach folgten mehrere tiefe Seufzer, und nach ein paar kurzen, aber sehr intensiven Kläffgeräuschen beteuerte er:
„Ich bin nicht verheiratet!“
Obwohl ich die letzten vier Worte nicht beschwören kann, weil ich sie sehr schlecht verstanden habe. Vielleicht hat Peter ja auch „Ich bin nicht beheimatet!“ gesagt. Aber machte das Sinn? Auf jeden Fall war ich zu feige, meinen Mann in der Hochzeitsnacht einfach aufzuwecken. Stattdessen sah ich im fahlen Mondlicht ratlos auf sein kantiges Profil. Hustete ein paarmal hilflos. Und verpasste ihm einen leichten Stoß in die Rippen.
Leider ohne Erfolg. Peter lag ganz entspannt neben mir und war jetzt eindeutig in der Tiefschlafphase. Da gab ich meine unbeholfenen Hochzeitsnacht-Wieder-

belebungsversuche auf und ärgerte mich, weil kein Hormon-, sondern ein titanischer Alkoholrausch den Nordamerikanische-Präriewühlmaus-Sex-Marathon verhinderte, der uns fürs ganze Leben geeint hätte.
Durch das offene Fenster wehte eine leichte Brise und brachte ganz leise die Musik meiner Hochzeitsparty in unser Zimmer, und beinahe wäre auch ich zu Barry Ryans „Eloise" eingeschlafen. Aber dann hörte ich plötzlich nicht mehr Barry den Namen von Eloise, sondern meine Mutter den Namen meines Vaters rufen.
„Saiiiiimon! Saiiiiimon, wo bist du?" rief sie in kurzen Abständen. Auf ihre typische Art zischte sie das S und dehnte das ai von Simon zu einem langen aaaiiiiii, wobei das a tiefer begann und das i langgezogen und aufsteigend schrill wurde. Unermüdlich suchte sie, nachdem sie das ganze Hotel auf den Kopf gestellt hatte, meinen Vater jetzt im Park.
„Saiiiiimon!" Immer wieder.
Bis endlich ein übermüdeter Hotelgast verzweifelt aus dem Fenster brüllte:
„Wenn Saaaiiiiimon jetzt nicht bald antwortet, hol ich die Schrotflinte und knalle den Vogel ab!"
Da war meine Mutter sofort still, denn sie verabscheute die Jagd, und jede Form des Konfliktes war ihr zuwider. Vom Fenster aus konnte ich sehen, wie sie ratlos auf dem Schotterweg vor der Gartenterrasse stand und die kleinen weißen Kieselsteinchen mit ihren Schuhen hin und her schob. Vermutlich weinte sie gerade nach innen, weil sie sich so sehr über meinen betrunkenen Vater ärgerte, der sie wieder einmal in eine peinliche Situation gebracht hatte, und sie weit

und breit keinen passenden Schatten fand, um sich zu verstecken.
Nachdem sie sich nach ein paar Minuten des Bedauerns wieder beruhigt hatte, putzte sie sich die Nase, verteilte die Steinchen ordentlich zu einer glatten Oberfläche und ging strammen Schrittes, aber nicht ohne noch einmal „Saaiiiiiiimon!“ zu zischen, zurück zum Hotel und verschwand in der Drehtür.
Als ich sicher sein konnte, ihr nicht mehr zu begegnen, und weil Peter immer noch tief und fest vor sich hin schnarchte, habe ich einen dunklen Pulli und Jeans angezogen und mich in einen Gartenstuhl vor die riesigen Fenster des Speisesaals gesetzt, um meinen Hochzeitsgästen beim Feiern zuzusehen.
Sah Melanie auf dem Schoß von Peters Trauzeugen Phillip Maine. Anwalt. Verheiratet. Vier Kinder. Und als seine Frau Rita Maine von der Toilette kam und Melanie dabei erwischte, wie sie gerade versuchte, ihren Ehemann zu küssen, schüttete sie, ohne lange zu zögern, ein Glas Punsch über Melanies Kopf. Die sprang auf und schrie wie am Spieß, bis Onkel Horatius sie energisch in den Nebenraum schob, wo sie weinend zusammenbrach und Onkel Horatius ihr eine klebte. Tante Mimi, Melanies Mutter, war in der Zwischenzeit zu den Maines geeilt, um sich mit der gebührenden Theatralik einer verzagten Mutter für das Benehmen der einzigen und offensichtlich alkoholverwirrten Tochter zu entschuldigen. Aber Rita Maine war das egal, und sie bedrohte auch Tante Mimi mit Punsch, die daraufhin wie ein Taschenkrebs den Rückzug zu ihrer Familie in den Nebenraum antrat, wo sie erst einmal Onkel Horatius eine knallte, weil sie, wie

ich durch die offenstehenden Fenster hören konnte, ihm ganz allein die Schuld für Melanies Unglück gab. Die vielen Freunde von Peter und die alten Studienkollegen meiner Eltern und deren Kinder amüsierten sich ganz ausgezeichnet und bemerkten so gut wie nichts von der kleinen Familientragödie, die nebenan ihren Lauf nahm. Sogar mein schwuler Exfreund Luc, der mit seinem römischen Lebensgefährten Dino pausenlos Foxtrott tanzte, lächelte wieder, nachdem es ihm vor der Kirche kurzfristig abhandengekommen war, als Peter ihn vor dem Pfarrer mit „Hi Lucy" begrüßt hatte und das auch noch komisch fand.

Eigentlich war meine Hochzeitsparty bis auf die Tatsache, dass sie ohne mich und meine Familie stattfand, gar nicht so übel.

Mein betrunkener Vater war bereits seit Stunden verschwunden, da er kurz nach Mitternacht bei dem Versuch, sich anzulehnen, hinter ein riesiges Blumenbouquet kippte. Was dazu führte, dass meine Mutter verschwand, um meinen Vater zu suchen. Dann verschwand ich, weil Peter es gar nicht erwarten konnte, mit mir allein zu sein.

Nur Onkel Horatius, Tante Mimi und Melanie haben tapfer die Stellung der Terrys gehalten. Trauten sich aber nach „Ritas-Punsch-Attacke" nicht mehr zurück zur Party und spielten im Nebenraum Monopoly.

Aber vielleicht fiel das Fehlen meiner Familie gar nicht auf, weil auch Peters Familie nicht wirklich anwesend war. Die Reise war dem schottischen Clan zu teuer gewesen, und so haben sie einfach von jedem Familienmitglied ein Kissen mit Foto geschickt und darum gebeten, die Familie auf diese Art am Hochzeitsfest teilnehmen zu lassen. So weilten Peters Vater Thomas, seine Mutter Rachel und sein jüngerer Bruder Flanagh nicht nur theoretisch unter uns, sondern befanden sich zu vorgerückter Stunde auch praktisch unter dem dicken Hintern des etwas zu kurz geratenen Erzbischofs von Kent.

Während Peters Familie verstreut am Boden lag und nur noch Lucy und Dino, in ein mit Rotweinflecken übersätes Tischtuch eingewickelt, eng umschlungen nach einer hängenden AC/DC-CD Foxtrott tanzten und der Anblick ihrer Verliebtheit zu unerträglich wurde, ging ich in mein Zimmer und versuchte zu weinen. Aber es ging nicht.

Als ich am nächsten Morgen aufwachte, kam Peter gerade gutgelaunt vom Joggen, und ich musste ihm versprechen, mehr für meine Gesundheit und meine Figur zu tun. Treppen steigen zum Beispiel und zu Fuß gehen. Und viel Obst und Gemüse essen! Damit ich lange lebe. Und alt werde. Mit ihm.

Dann holten wir unsere Hochzeitsnacht nach. Frühstückten auf dem Zimmer. Und trafen meine Eltern, um einen ausgedehnten Sonntagsspaziergang durch den riesigen Schlosspark zu machen.

Ich hatte mir fest vorgenommen, kein schlechtes Gewissen zu haben, weil ich glücklich war, dass dieser Sonntagsspaziergang der letzte in meinem Leben sein würde, und begrüßte gutgelaunt meine Eltern, die so übertrieben ausgerüstet waren, dass wir problemlos einen mehrtägigen Marsch durch eine wasserlose Einöde überlebt hätten. Ma war sehr blass und Dad schrecklich verkatert. Trotzdem taten beide hochmotiviert, und während wir durch die blühende Landschaft des

weitverzweigten Schlossgartens marschierten, erzählte Ma, dass wir absolut sicher vor meteorologischen Überraschungen sein konnten, weil Dad das Kunststück vollbracht hatte, in seinem kleinen Rucksack, abgesehen von einer ausgiebigen Brotzeit, auch noch ein kleines Regenzelt mit Blitzableiter unterzubringen. Schon bald hatte Dad Peter in ein Gespräch über Pollen verwickelt, und weil die beiden immer wieder stehenblieben, um die zahlreich umherwirbelnden Samen zu beobachten, und Ma ihr Schrittmaß wie immer millimetergenau einhielt, erreichte sie als erste die kleine Böschung, an der ein in der Länge halbierter Baumstamm als Brücke über einen kleinen Bach führte. Zu meiner Überraschung wartete sie auf mich, und als sie meinen fragenden Blick sah, gab sie mir ihre Hand und sagte:
„Ich habe schlecht geschlafen. Geh du voraus.“ Und als wir Hand in Hand den Baumstamm überquerten, wurde mir plötzlich klar, dass auch meine immer starke, unverwundbare und schmerzunempfindliche Mutter verletzbar und vergänglich war, und ich wünschte mir, sie eines Tages zu verstehen.
Auf der anderen Seite des Bachlaufes angekommen, ließ Ma meine Hand sofort los, schob ihren verrutschten Rock zurecht, zog das Twinset über den Bauch und sagte, ohne mich anzusehen:
„Ich möchte mich bei dir entschuldigen. Dad hat sich gestern ziemlich danebenbenommen. Du weißt, es ist nicht einfach für ihn. Er leidet.“
„Du meinst, er trinkt, Ma“, sagte ich.
„Ja. Weil er leidet“, wiederholte sie und sah sich verstohlen um.

„Männer wie dein Vater brauchen viel Liebe und Anerkennung, um glücklich zu sein."
„Und was brauchst du?" fragte ich.
„Jane, ich will dir am ersten Tag nach deiner Hochzeit keine guten Ratschläge geben, aber eine Ehe ist nur dann glücklich, wenn der Ehemann glücklich ist. Wir Frauen können mit Unglück viel besser umgehen ... Weil wir Schmerzen besser ertragen können. Meine Mutter hat an meinem Hochzeitstag zu mir gesagt: ‚Männer gehen, wenn es weh tut.' Also tue alles, um deinen Mann glücklich zu machen, und nimm dich nicht so wichtig."
„Und? Warum ist es dir nicht gelungen, Dad glücklich zu machen?"
„Weil Simon einfach nicht sehen will, wie unwichtig ich mich ihm zuliebe nehme. Er sieht nur, wie unwichtig er ist", antwortet Ma vorwurfsvoll und beschleunigt ihren Schritt.
„Aber das war doch immer so", sagte ich atemlos und hätte zu gern ihre Antwort gehört, aber stattdessen wurden wir von Peter unterbrochen:
„Ladies! Nicht so schnell! Wartet!" rief er und wirbelte einen Löwenzahn, dessen gelbe Blüten sich bereits in Flugsamen verwandelt hatten, durch die Luft, so dass die kleinen transparenten Fallschirme herumflogen. Als er wenig später außer Atem vor uns stand, fragte er bestens gelaunt:
„Warum guckt ihr denn so traurig?"
„Tun wir doch gar nicht", sagte Ma, die ihren Gesichtsausdruck sekundenschnell der Situation angepasst hatte, und lächelte zuversichtlich, während ich noch immer betroffen dastand.

„Wir haben gerade über deine Chance, Partner zu werden, gesprochen. Jane macht sich Sorgen, dass es nicht klappen könnte."

Ich konnte Ma's eruptiven Gesichtssprüngen schon als kleines Mädchen nicht folgen. Instinktiv reagierte sie blitzschnell auf die Stimmungsschwankungen meines Vaters und wuchtete ihre Mimik, einem Torwart gleich, in die richtige emotionale Ecke. Verwandelte ihren besorgten Gesichtsausdruck in ein spontanes Lächeln. Einen unsicheren Blick in ein zuversichtliches Augenzwinkern. Machte aus einer verärgerten Miene ein gutmütiges Nicken. Lachte Tränen. Und weil ich dachte, dass demjenigen, der die hohe Kunst des Gesichtssprungs so beherrschte wie meine Mutter, nichts passieren konnte, übte ich heimlich spontane Gesichtswechsel, um jederzeit auf das Leben beziehungsweise einen zukünftigen Ehemann reagieren zu können. Heute weiß ich, dass Ma's Gesichtssprünge Heulvarianten sind.

Peter war gerührt, dass ich mir Gedanken über seine Zukunft machte, gab mir einen Kuss auf die Nasenspitze und sagte so laut, dass mein Vater, der mit mürrischem Blick darauf achtete, immer ein paar Schritte hinter uns zu bleiben, jedes Wort verstehen konnte, dass er spätestens in einem Jahr sein Ziel, Partner einer großen Kanzlei zu werden, erreichen und ein eigenes Büro, das auf Insolvenzrecht spezialisiert ist, eröffnen werde.

Ma klatschte begeistert in die Hände, Dad nickte bedeutungsvoll in den wolkenlosen Himmel, und ich fragte mich, ob das Verdrängungsunternehmen Dr. & Dr. Terry, das einfach ignorierte, was nicht in seine

Welt passte, auch eines Tages Konkurs anmelden könnte. Obwohl ich mir beim besten Willen nicht vorstellen konnte, dass meine Eltern sich jemals trennen würden. Weil Ma alles tun würde, um Dad auszuhalten. Und Großmutter alles getan hatte, um Ma diesen Irrsinn beizubringen.

Nach dem Mittagessen verabschiedeten wir uns, brachten Peters stark in Mitleidenschaft gezogene Familie in die Reinigung und fuhren in die Flitterwochen nach Indien. Obwohl ich viel lieber in die Berge gefahren wäre. Aber Peter bestand darauf, dass „Mann“ seine Hochzeitsreise in Indien verbringt. überzeugt, dass die Route, die er ausgesucht hatte, auch mir gefallen werde, flogen wir von London nach Delhi, wo wir zwei Nächte in einem Luxushotel in Old Delhi verbrachten. Und von dort ging die Reise mit dem Zug nach Manali in den Himalaja, wo wir ein paar Tage in einer Hütte verbrachten, die mich an ein kanadisches Jagdhaus erinnerte und mir das Gefühl vermittelte, dass jederzeit ein ausgewachsener Grizzly im Zimmer erscheinen könnte. Peters Argument, dass es in Indien keine Grizzlybären, sondern „nur“ Tiger gibt, verspannte mich dermaßen, dass mir der herbeigerufene Arzt „heiße Nackenwickel und viel Zeit auf dem Kopf stehen“ verschrieb. Auf dem Kopf stehen vertreibt die Angst, weil es so gut wie unmöglich ist, auf dem Kopf stehend Angst zu haben. Weder vor einem Tiger noch vor einem Grizzly. Allerdings kann zu viel auf dem Kopf stehen auch den Ehemann vertreiben. Und nach zwei Tagen musste ich Peter versprechen, mich nicht mehr prophylaktisch auf den Kopf zu stellen, sondern nur noch, wenn ernsthaft Gefahr drohte.

Von Manali fuhren wir auf der alten Militärstraße über fünf Fünftausender nach Ladakh. Und wir fuhren in einem so alten Bus, dass wir für eine Strecke von dreihundert Kilometern drei Tage benötigten. Nur um von dort wieder nach Delhi zu fliegen. Zur Wiedergutmachung sind wir dann noch für drei Tage nach Südindien geflogen.

Dass ich diese Route, die mir angeblich gefallen werde, nicht genießen konnte, kann Peter bis heute nicht verstehen. Wenn ich heute an meine Hochzeitsreise denke, tauchen vor meinem geistigen Auge sechs Buchstaben auf: S-C-H-O-C-K.

Allerdings meine ich damit keinen Hormonschock.

Es begann in der historischen Altstadt von Old Delhi mit einem gigantischen Kulturschock und nahm seinen Lauf, als ich in Leh, der Hauptstadt von Ladakh, dem höchstgelegenen Siedlungsgebiet Indiens, durch eine Überdosis Lobster einen Eiweißschock bekam, weil Peter pausenlos diese toten Schalentiere bestellte. Ich habe keine Ahnung, warum nur ich mich so elend fühlte, dass ich drei Tage mutterseelenallein im Bett verbringen musste, während Peter wunderbare Trekking-Touren durch faszinierende Landschaft mit hohen, kahlen, schneebedeckten Bergen, zerklüfteten Tälern und grünen Oasen unternahm.

Aus meinem Reiseführer erfuhr ich, dass Ladakh wegen seiner malerisch gelegenen buddhistischen Klöster, den farbenfrohen Festen und Maskentänzen besonders bei frisch verheirateten Paaren sehr beliebt ist, obwohl es durch die sehr geringe Niederschlagsmenge und die in einer Höhe von über 3.500 Meter sehr dünne Sauerstoffmenge zu erhöhtem Pulsschlag,

Atemnot, Kopfweh und zu akuter Höhenkrankheit kommen kann.
Die Stelle: „Es ist ratsam, bei Neigung zu niedrigem Blutdruck Kreislaufmittel nicht zu vergessen!“ hatte Peter phosphorgelb markiert und „Aspirin!!!“ daneben geschrieben und: „Fragen Sie nach der Statue des Dukar mit seinen 1.000 Köpfen und 10.000 Armen“ war rot unterstrichen.
Einen Tag vor der geplanten Abreise war mein Eiweißpegel wieder normal, und wir unternahmen unseren ersten gemeinsamen Ausflug. Nicht zur Statue des Dukar, weil Peter die schon ohne mich gesehen hatte, sondern in das Reisebüro, um die Rückflüge bestätigen zu lassen.
Es war wirklich Pech, dass ausgerechnet ich bei dem Versuch, in der vollkommen überbuchten Maschine eine aktuelle englische Tageszeitung aufzutreiben, hören musste, wie einer der Stewards seinem jüngeren Kollegen erklärte, dass es Selbstmord sei, mit einer so vollen Maschine über ein so hohes Gebirge zu fliegen, und – sollte er diesen Flug überleben – er den Rest seines Lebens als Mönch fristen werde. Als ich wenige Minuten später mit der Dezemberausgabe der *Delhi-News* wieder an meinem Platz saß und das Flugzeug auf die Startbahn rollte, hörte ich den armen Steward noch einmal kurz und hysterisch lachen, bevor der strafende Blick des Chefs der Cabin Crew ihn aufforderte, sich auf seinen kleinen Sitz gleich neben dem Notausgang festzuschnallen.
Ich habe noch nie Berggipfel so knapp unter meinem Hintern vorbeifliegen sehen und verdanke mein Leben vermutlich dem beherzten Flugbegleiter, der sein

Gelübde, als mittelloser Mönch zu leben, sicher eingelöst hat.
Aber im Vergleich zu meinem nächsten Schock war das ein Kinderspiel.
Das letzte Ziel unserer Hochzeitsreise war eine wunderschöne Hotelanlage in Südindien, die einem Italiener namens Riccardo gehörte. Er kümmerte sich rührend um seine Gäste, und jeder Neuankömmling erfuhr schon am ersten Abend die Geschichte seines Lebens. Wie er sich vor über zwanzig Jahren bei seiner ersten Indienreise in diesen magischen Ort verliebte und ihn die Menschen, die Bananenplantage, die beiden Strände, die er Sonne und Mond nannte, nicht mehr losgelassen haben. Die Idee zu dem Hotel hatte er, weil die Einheimischen lieber in modernen Hütten wohnen wollten als in ihren traditionellen reich verzierten und bemalten Holzhäusern.
Das erste Haus hatte er für sich gekauft. Er zerlegte es. Transportierte es auf sein Grundstück. Baute es wieder auf. Legte einen kleinen Garten an. Ein Badezimmer unter freiem Himmel. Und platzierte die Häuser so, dass jedes einen unglaublichen Blick auf das Meer hatte. Vierzehn Jahre lang kam jedes Jahr ein neues Haus dazu. Leider hat seine indische Frau sich in einen italienischen Hotelgast verliebt und ist mit der gemeinsamen Tochter nach Italien gezogen. Aber für Riccardo gab es kein Zurück.
Als wir den vorletzten Abend unter einem riesigen Sternenhimmel neben einem in Fels gehauenen Natursteinpool aßen, schwärmte Riccardo in seinem gebrochenen Indisch-Englisch mit starkem italienischen Akzent von den Back-Waters und sagte, dass wir auf

keinen Fall abreisen dürften, ohne sie zu befahren, weil sie Glück brächten, und dass das, was man während der Fahrt denkt und tut, in Erfüllung gehe. Und unter „Vollmond-und-rauschendem-Ozean-Extremeinfluss“ ließ ich mich von Riccardo und Peter zu einem kleinen Bootsausflug in die Back-Waters überreden, fest entschlossen, nur Positives zu tun und zu denken.

Riccardo hatte nicht übertrieben. Die kleinen Süßwasserflussläufe waren wildromantisch und die umliegenden Reisfelder malerisch. Was konnte schon passieren? Übermorgen flogen wir zurück nach England. Der dritte schockfreie Tag war fast vorüber. Und übermütig aß ich mit großem Appetit den getrockneten Fisch, der überall an den Anlegestellen angeboten wurde. Legte meinen Kopf an Peters Schulter. Und dachte, während ich über das flirrende Wasser schaute, an Liebe. Glück. Und die Fliesen, die ich für unser Bad aussuchen würde. Da durchschnitt ein leichtes Ziehen in der Leistengegend meinen Körper, und noch bevor ich Peter erklären konnte, was los war, spürte ich ein Rumoren in meinem Bauch und rannte, so schnell ich konnte, in den winzigen Holzverschlag ohne Dach, hinter dem sich die Toilette befand.

Sekunden später versetzte ein gigantischer Durchfall meinen Körper in echte Not, was Peter aber nicht daran hinderte, von meinem herausragenden Kopf ein Foto zu machen:

„Jane! Jetzt schau doch nicht so ernst! Lächle!“ rief er amüsiert, und während in meinem Darm eine Kolik die andere jagte, hätte ich ihn am liebsten auf der Stelle verlassen. Da meine augenblickliche Situation

aber jede spontane Aktion verhinderte, versuchte ich mich so gut es ging unsichtbar zu machen, was durch die vielen winkenden Touristen auf den vorbeifahrenden Booten ziemlich erschwert wurde.
Vier Kilo leichter und bis zur Erschöpfung dehydriert, beschloss ich, Peter erst in Europa zu verlassen, und zurück in England habe ich unsere Trennung immer wieder auf einen anderen Tag verschoben, bis ich sie irgendwann vergessen hatte, denn als frisch verheiratete Ehefrau hatte ich wahnsinnig viel zu tun. Ich musste unser Haus umbauen und einrichten. Kochen lernen. Studium beenden. Job finden. Umzug organisieren. Haus verkaufen. Wohnung in Berlin finden. Wohnung in Berlin umbauen und einrichten. Sprache lernen. Arbeit suchen. Leben anpassen. Und darauf warten, dass Peter müde und hungrig vom Job nach Hause kam.
Niemals hätte ich es für möglich gehalten, dass Peter sich eines Tages an dem Bild, das er von mir hatte, satt sehen könnte. Immerhin war ich ein Picasso!

12

Wenn ich bedenke, dass viele bedeutende Entscheidungen an Straßenkreuzungen oder Restauranteingängen getroffen werden und viele große Taten und Gedanken einen lächerlichen Anfang haben, spricht einiges dafür, mein sichtbares Leben jetzt zu beginnen. Wie nach einem Urknall habe ich das Gefühl, mich auszudehnen, und meine Gedanken nehmen plötzlich erstaunlich konkrete Formen an. Werden zu Materie. Und ich „Materie-Girl"?

Fred würde auf diese Frage antworten:

„Wenn du zeitlos wärest, könntest du dir den Luxus deiner Überlegungen, sichtbar zu werden, erlauben. Aber unter den Bedingungen der auf unserem Planeten vorherrschenden Zeitrechnung empfehle ich dir, endlich sichtbar zu werden. Und ich empfehle dir auch, darüber nachzudenken, warum die Evolution so viel Zeit und Energie in Männer und Frauen investiert, obwohl die anscheinend nicht zusammenpassen? Warum hast du geheiratet? Warum macht Liebe nicht automatisch glücklich? Was ist der Plan? Ist da überhaupt ein Plan? Oder ist da nur ein Plumji?"

Ich verbiete Fred jede weitere Frage und sehe zu der mittlerweile hell erleuchteten Balkontür. Am liebsten würde ich mir die Beine vertreten, denn der Autositz drückt an allen möglichen und unmöglichen Stellen,

und das Schiebedach scheint irgendwie näher an meinen Kopf gerückt zu sein. Oder sitze ich jetzt aufrechter? Melanie sagt, dass gewohnte Sichtweisen sich dann verändern, wenn die Bereitschaft, neue Dimensionen zu akzeptieren, vorhanden ist. Dann kann es durchaus vorkommen, dass Gegenstände – aber auch Ehemänner – plötzlich kleiner erscheinen, als sie eigentlich sind.
Peter erscheint gerade ziemlich verkleinert. Im Rückspiegel. Überquert schnellen Schrittes die Straße. Streicht sich mit einer fahrigen Handbewegung durch die Haare und steigt in den Wagen. Da sitzen wir. Peter in seinem Auto. Ich keine fünfzig Meter weiter entfernt in meinem Auto. Und es gibt ab jetzt für mich keinen Grund mehr, diesen Abstand zu verringern, denn er würde die sinnlos vertane Zeit nur verlängern. Und als Peter an mir vorbeifährt, sehe ich sein Gesicht im fahlen Mondlicht und weiß, dass Jill ihm den Laufpass gegeben hat. Denn ein Plumji tut, was es sich vorgenommen hat.
Mir zittern die Knie, und damit sie nicht gegen das Lenkrad schlagen, steige ich aus meinem Blechkorsett. Bleibe nach ein paar sinnlosen Schritten stehen. Trete fluchend gegen eine alte Linde, die am Straßenrand steht. Und bin überzeugt, alles wäre viel einfacher, wenn wir nie von den Bäumen gestiegen wären. Ich würde mich von Ast zu Ast schwingen. Kinder füttern. Und unsere Männchen würden keine doppelten Kosten und vor allem keinen Liebeskummer verursachen.
Langsam gehe ich zur Haustür und lese die Namen neben den Klingelknöpfen, und als mein tränennasser Blick „Dr. Frame & Partner“ entdeckt, muss ich mich

beherrschen, um nicht zu klingeln und Jill durch die Fernsprechanlage zu beschimpfen. Aber wieso sie? Ich habe ihr nie erzählt, dass Peter mein Ehemann ist. Und immerhin hat sie ihn verlassen. Ich sollte nach Hause fahren und Peter zur Rede stellen. Aber wozu? Ich will nicht meine Ehe, sondern mein Leben retten. Auf dem Weg zu meinem Auto wische ich mir die Tränen aus dem Gesicht. Putze mir die Nase. Und sehe auf die Uhr. Es ist nach Mitternacht und wohl das Beste, wenn ich jetzt erst einmal zu Fred fahre, um die ersten Stunden meines sichtbaren Lebens auf seinem Sofa zu verbringen. Morgen früh kann ich bei einer Tasse Tee überlegen, wie es mit ...

„Jane!!" durchdringt ein schriller Schrei die Stille der Nacht, und als ich mich umdrehe, sehe ich Jill, die auf mich zukommt.

„So ein Zufall! Sag bloß, du wohnst auch hier? Erst sehen wir uns jahrelang gar nicht und dann ...! Du wolltest doch bestimmt auch gerade zu meiner Party. Kann ich bei dir mitfahren?"

„Wenn du mit deiner Frisur in mein Auto passt ...", sage ich und frage mich, wie sie es geschafft hat, in so kurzer Zeit so viele neue Haare auf ihrem Kopf zu befestigen.

„Klar, das krieg ich schon hin!" sagt Jill und klettert auf den Beifahrersitz. Im Nu riecht mein Mini wie Peters Schal. Der Duft schnürt mir die Kehle zu. Und um meine erneut aufsteigenden Tränen zu verbergen, mache ich mich auf die Suche nach der Handbremse, die irgendwo unter Jills Seidenchiffonkleid begraben liegt, und murmele, um ihren fragenden Blick zu zerstreuen:

„Ganz schön viel Kleid, was du da anhast ..."
„Danke ... Und du? Was ist mit dir? Du siehst ziemlich zerknittert aus", antwortet Jill, weil ein Plumji sagt, was es denkt.
„Ich hatte gerade Stress mit meinem Mann."
„Du bist verheiratet?!"
„Ja. Aber ich arbeite unter meinem Mädchennamen."
„... und glücklich?"
Ich überhöre im Lärm des startenden Motors absichtlich das „d" vom „und" und sage:
„Sehr. Wir sind immerhin fast acht Jahre verheiratet" und gebe Gas.
„Der Typ, mit dem ich gerade Schluss gemacht habe, ist auch verheiratet. Eigentlich dachte ich, dass er andersrum wäre, weil er so einen schwulen Cashmere-Schal trug und beim Reden mit der Hand andauernd Kreise in die Luft zeichnete ..."
„Ich weiß", rutscht es mir heraus.
„Wie bitte?", fragt Jill.
„Ach, ich wollte sagen, das ist nur ein Trick!"
„Stimmt!" bemerkt Jill und schnallt sich an.
„Wenn ein Mann mit einer Frau erfolgreich im Bett landen möchte, muss er sich nur so schwul wie möglich benehmen. Bei dem „Gerne-Shopper", „Frauen-Versteher", „Lange-Zuhörer", „Nicht-über-Sex-Reder" und „Komm-und-wein-dich-ruhig-die-ganze-Nacht-bei-mir-aus" werde ich grundsätzlich misstrauisch, weil sich dahinter fast immer ein ganz gerissener Hetero versteckt. Aber auf einen „Schalträger" war ich nicht vorbereitet."
„Sag mal, weißt du eigentlich wo das ‚Foufous' ist?" unterbreche ich Jill, um weitere Details zu vermeiden,

weil ich mich in meinem Rollenspiel bereits so verstrickt fühle wie Kapitän Ahab, kurz bevor er mit Moby Dick für immer in den unendlichen Tiefen des Ozeans verschwand.
„Ich glaube, wir müssen dort vorn rechts abbiegen", vermutet Jill, und während sie im Rückspiegel ihr Make-up überprüft, sagt sie, dass sie sofort heiraten würde, wenn sie den Richtigen fände. Aber es müsse eben der Richtige sein. Und nicht so ein Schwachmat wie der Typ, mit dem sie gerade Schluss gemacht habe. „Der hat doch tatsächlich gesagt, ich erinnerte ihn an ein Bild von Picasso! Glaubst du das? Leonardo da Vinci. Okay. Warhol. Okay. Aber Picasso? Und das Verrückteste, was mir jemals passiert ist, war, dass er bei Kerzenlicht impotent wurde! Hast du so etwas schon einmal erlebt?" Jill wiehert vor Lachen, und ich rase an der Kreuzung Torstraße und Oranienburger bei Rot über die Ampel und antworte mit einer Gegenfrage:
„Wie willst du denn wissen, ob es der Richtige ist? Machst du zuerst einen Test?"
„Das wäre gar nicht schlecht!" findet Jill. „Beim „Ehe-TÜV" wird jeder Mann auf Verträglichkeit, Leistung, Humor, Toleranz, Ausdauer, Einkommen, Fortpflanzungsbereitschaft und Beschützerinstinkt überprüft, und wenn er den Test besteht, bekommt er eine Plakette, die alle drei Jahre erneuert werden muss. Wetten, die wenigsten würden die Zulassung zur Ehe schaffen. Und stell dir den riesigen Haufen entsorgter Männer vor! Ein Männerschrottplatz!"
„Findest du nicht, dass du ein wenig zu weit gehst?" unterbreche ich Jill, die offensichtlich keine Ahnung

hat, dass sie bis auf einen Mann pro Kontinent alle verschrotten könnte und die Menschheit trotzdem nicht aussterben würde.
„Es kann doch für dich nicht so schwer sein, einen unverheirateten Mann zu finden?“ frage ich.
„Kommt ganz darauf an, wie unverheiratet. Unverheiratet und neurotisch ist einfach. Unverheiratet, arm und neurotisch ist noch einfacher. Unverheiratet, reich, gutaussehend und nicht neurotisch ist nicht nur in meinem Alter so gut wie unmöglich. Aber um deine Frage zu beantworten, ich weiß, wer der Richtige ist, wenn er vor mir steht. Leider war es bis jetzt erst einmal und nur fast der Fall.“
Ich wünsche Jill viel Glück bei ihrer Suche und kann folgender Frage einfach nicht widerstehen:
„Wo hast du denn eigentlich das letzte Exemplar kennengelernt?“
„Bei einem Wochenendseminar, zu dem ein Automobilkonzern in ein großes Luxushotel an die Ostsee eingeladen hatte. Ich habe einen Vortrag über den „Einfluss modernen Designs auf Atmosphären und die Aspekte unbewusster Mitarbeitermotivation” gehalten. Der Typ war mir schon nachmittags in einer Pause aufgefallen, weil er in einem Strandkorb saß und bei Windstärke vier versuchte, Zeitung zu lesen. Als wir abends zufällig an der Bar nebeneinandersaßen, musste er andauernd niesen, trank einen Grog nach dem anderen und telefonierte mehrmals mit seinem englischen Hausarzt.
Ich weiß nicht, wieso, aber irgendwann nach Mitternacht fand ich ihn ganz nett und ging mit ihm ins Bett. Dass er verheiratet ist, wurde mir erst klar, als

er einmal vergessen hatte, den Ring abzunehmen. Männer! Ich habe oft genug die unsichtbare Geliebte gegeben. Den Nächsten schnappe ich mir gut sichtbar für alle", sagt Jill fest entschlossen.
„Du kannst auch als Ehefrau unsichtbar sein", erwidere ich.
„Aber der Ring ist gut sichtbar! Da vorn ist es."
Jill zeigt auf ein hell erleuchtetes Backsteingebäude, das früher einmal eine Bäckerei war, und als wir vorfahren, steht ein unglaubliches Empfangskommando bereit. Zwei Autotüröffner. Zwei Wagenparker. Zwei Ticketabnehmer. Zwei Champagnergeber und ein ‚Foufous'-Türöffner.
Im Foyer ist alles blau. Blauer Boden. Blaues Licht. Blaue Wände. Und an der Wand tummeln sich riesige Fische, die so geschickt projiziert sind, dass es aussieht, als würden sie um mich herumschwimmen. Jill will mich noch ein wenig aufmöbeln, wie sie es nennt, und schiebt mich in eine gigantische Toiletten-Drei-Raum-Wohnung. Und als sie mich bittet, Platz zu nehmen, ist klar, wer das ‚Foufous' designt hat.
Ich überlege, wie hoch das Budget wohl war und wie ich es erfahren könnte, ohne danach zu fragen, als Jill sagt:
„Rate mal, wieviel ich für das ‚Foufous' ausgeben durfte?"
Ich mache eine Null hinter meine kühnste Vorstellung und sage:
„Eine Million Euro?"
„Quatsch! Zwei Komma vier! Nicht schlecht, oder?" antwortet Jill und fischt drei Mobiltelefone, einen kleinen Computer, eine Digitalkamera, einen Make-

up-Beutel, Haarbürste, Haarspray, Haarföhn, Parfüm und einen kleinen Wäschesack mit einer schwarzen Chiffonbluse aus knitterfreier Seide aus ihrer riesigen Handtasche und verteilt alles auf dem Waschtisch.
„Und das weiße Kaninchen?“, frage ich ziemlich beeindruckt.
„Das erlegen wir heute Nacht!“, antwortet Jill und erzählt, während sie mich schminkt, von einem Mann, der gestern Abend bei einem Charity-Dinner neben ihr saß und ihr einfach nicht mehr aus dem Kopf geht.
„Ich habe ihn eingeladen und hoffe, dass er hier ist. Ich glaube, der könnte ein Mr. Right sein“, schwärmt sie, während sie gedankenverloren ihr Spiegelbild betrachtet und meine Haare über eine riesige Rundbürste föhnt.
Das ‚Foufous‘ ist die große „Glamschwester“ des ‚PizzaPazza‘, und das Thema ist „Wild Life“. Dementsprechend sehen die Barkeeperinnen, die hinter der langen Bar aus polierter Bronze arbeiten, aus wie Antilopen. Oder Naomi Campbells Schwestern. Schlank. Groß. Haare bis zum Po. Und wenn sie ihre mit kleinen Spiegeln beklebten Augenlider senken, reflektieren sie das Licht in den angrenzenden „Lounge-Areas“, wo „Only Beautiful People“ auf riesigen erdfarbenen Sofas sitzen, die unter goldfarbenen Brokatkissen begraben sind.
Den Mittelpunkt bildet, abgesehen von Jill, die sich ganz ihren Gästen widmet und „so happy to be here!“ ist, eine gigantisch breite und geschwungene Treppe, die nach oben in ein Restaurant und zu einer etwas kleineren Bar führt. Plötzlich steht Jill neben mir und flüstert:

„Wenn du willst, kann ich dir einen Job bei Bromswell, Baines und Folder besorgen. Dort drüben steht Mr. Folder. Er ist gerade auf der Suche nach einer Chefdesignerin." Bevor ich darauf antworten kann, ruft sie: „Uhu! Mr. Folder! Darf ich Ihnen meine Studienkollegin Jane Terry vorstellen?", und setzt mit ihrem Plumji-Mega-Smile Folders Synapsen außer Gefecht und seinen Bewegungsapparat in Gang.
Folder ist „also very pleased!" und könnte je nach Beleuchtung Anfang Vierzig, aber auch fünfzig sein, und während er Jill zu ihrem gelungenen „Cool Savage Nr. 1" gratuliert und erzählt, dass die gesamte Vorstandsetage darauf „Sixpacks" trainiert, denke ich: Polospieler. Erfolgreicher Golfer. Ausgedehntes Anwesen in West Egg. Ständig große Partys. Gerüchte, aber niemand weiß Genaueres. Vermögen geerbt. Studium, wie alle seine Vorfahren, in Oxford. Danach Paris, Venedig und Rom. Großwildjagd.
Und als Jill Folder nach seiner liebsten Freizeitbeschäftigung fragt, sagt er:
„Ach, in Wirklichkeit bin ich ein kleiner Farmer" und lächelt selbstverliebt in die Glut seiner Zigarre, während sein Blick größte Bewunderung für so viel Bescheidenheit verrät. Natürlich würde es ihn freuen, wenn wir bei nächster Gelegenheit, was bei seinem vollen Terminplan frühestens 2010 sein könnte, ein Wochenende auf seinem Anwesen verbringen würden.
Ich verfolge das Gespräch der beiden und komme mir vor wie in dem Film *Der große Gatsby*.
Stelle mir vor, wie Jill und Folder sich heimlich treffen. Aber Jill ist nicht bereit, meinen Mann zu verlassen, um mit Folder neu anzufangen und so zu tun, als

hätte es die letzten fünf Jahre nicht gegeben.
„Jane? Jane?“ unterbricht Jill meine Filmversion.
„Oh, sorry. Ich hatte gerade eine Vision ...“
„Macht nichts“, sagt Jill, als wären meine Visionen grundsätzlich ein Problem, und entschuldigt sich, weil sie ein Interview geben muss.
Folder interessieren meine Visionen, und er bietet mir nach fünf Minuten Business-Small-Talk 200.000 Pfund pro Jahr. Einen Firmenwagen. Und eine Wohnung im noblen Londoner Stadtteil Kensington. Ich soll ihn Montag zwischen neun und zehn Uhr anrufen. Dann entschuldigt er sich, weil er mit seinem Privatflugzeug noch heute Nacht zurück nach London fliegen muss, da morgen Früh eine wichtige Aufsichtsratssitzung stattfindet.
Ich muss auch zurück. Zu Jill. Aber die spricht noch immer wild gestikulierend mit einem Journalisten. Eigentlich ist es mehr ein Selbstgespräch, und es sieht so aus, als würde Jill sich selbst die Fragen stellen und danach beantworten. Der Journalist hält das Diktiergerät unter ihren vollen roten Mund und ist tief versunken. In ihren Ausschnitt. Oder eingeschlafen.
Ich setze mich auf ein Sofa, stopfe mir ein goldenes Brokatkissen in den Rücken und schlürfe einen „Cool Savage on the Rocks“, während Lenny Kravitz aus riesigen Boxen „All I ever wanted is you“ schmachtet.
Neben mir sitzt eine junge Frau. Trinkt Cola. Isst Chips. Wippt zum Takt der Musik. Und als sich unsere Blicke treffen, lächelt sie und sagt:
„Ich bin Britt.“
„Hi. Ich bin Jane.“
„War deine Mutter in Tarzan verliebt, als sie mit dir

schwanger war? Rate mal, in wen meine Mutter verliebt war ..."
Als Britt meinen fragenden Blick sieht, wiederholt sie ganz langsam: „Britt ... Ekland ... James ... Bond ... Der Mann mit dem goldenen Colt!"
„Ach. Roger Moore. Jetzt verstehe ich", sage ich und bin mir ziemlich sicher, dass Ma mit dem Namen „Tarzan" eher ein Medikament zur Bekämpfung von übermäßigem Speichelfluss in Verbindung bringen würde als einen Dschungelhelden. Aber was weiß ich schon von meiner Mutter!
Britts neuer Freund ist im ‚Foufous' für die Haustechnik verantwortlich. Heizung. Klima. Aufzug. Licht. Sie hat ihn vor einem Jahr im Krankenhaus kennengelernt, kurz bevor er von einem Tag auf den anderen gekündigt hat.
„Vielleicht macht Max diesen Job nicht lange. Vielleicht macht er bald wieder etwas anderes.
Egal. Er hat sich ein Jahr Zeit genommen, um das auszuprobieren", sagt Britt und findet es in Ordnung, weil Max keine Kinder hat.
„Und du?"
„Ich bin alleinerziehende Mutter von zwei Söhnen und arbeite als Gynäkologin im Martin-Luther-Krankenhaus."
„Wo Max für die Technik zuständig war?"
„Nein. Er war Kardiologe. Aber der tägliche Stress war auf die Dauer zu viel für sein Herz."
„Dein Freund ist auch Arzt?" frage ich überrascht, weil ich mir Max beim besten Willen nicht in einem weißen Kittel vorstellen kann.
„Würdest du zu einem Kardiologen gehen, der eine

Ausbildung als Haustechniker hat?“ fragt Britt belustigt.
„Wenn ich ein Heizkörper wäre, jederzeit!“ antworte ich lachend und frage Britt, wie alt ihre Söhne sind.
„Zwölf und sechzehn.“
„Du siehst nicht so aus.“
„Wie sieht man denn aus, wenn man zwei Söhne in dem Alter hat?“
„Irgendwie ernster.“
„Ernster? Nein. Eher irrer. Es vergeht kein Tag, an dem ich mich nicht am Rande des Nervenzusammenbruchs bewege.“
„Lebt dein Exmann auch in Berlin?“
„Ja“, antwortet Britt, und ihr Blick verrät, dass sie darüber nicht reden will. Stattdessen fragt sie: „Hast du Kinder?“
„Nein.“ Leider schaffe ich es mit meinem Blick nicht, Britt von dem Thema abzuhalten.
„Du bist also eine von den fünfundzwanzig Prozent Akademikerinnen, die sich laut Statistik weigern.“
„Ich bin keine Akademikerin. Und ich weigere mich auch nicht. Mein Mann wollte noch warten.“
„Auf den passenden Firmenwagen?“
„So ungefähr.“
Max setzt sich zu uns und küsst Britt zur Begrüßung ausgiebig. In dieser Zeit betrachte ich meine Fingernägel und sehe, wie Jill sich von dem Journalisten verabschiedet und aufgeregt hinter einer Tür unter der Treppe verschwindet. Max’ Piepser schlägt Alarm, da die Luftfeuchtigkeit um zwei Grad gestiegen ist, und als er geht, nennt er sie zum Abschied Prinzessin. Und sie ihn Tiger. Die beiden haben sich soeben ein Drittel

ihrer gemeinsamen Zeit geküsst, und wehmütig rechne ich aus, dass ich höchstens ein halbes Jahr küssend verbracht habe, und die Differenz von zwei Jahren Minus-Kusszeit hinterlässt anscheinend so sichtbare Spuren in meinem Gesicht, dass Britt mich plötzlich ganz besorgt ansieht und fragt:
„Was ist los mit dir?"
„Ach. Mein wohlgeordnetes und energiesparendes Leben fliegt gerade auseinander", sage ich.
„Wegen einer anderen?"
„Ja. Aber das allein ist nicht der Grund ..."
„Also für mich wäre das ein Grund ...", findet Britt.
„Hast du dich schon einmal unsichtbar gefühlt?", frage ich.
„Was heißt hier einmal. Ich habe mich schon hundertmal unsichtbar gefühlt. Vor allem, als meine Kinder klein waren. Alles, was ich in dieser Zeit tat, war unsichtbar, und ich hinterließ jahrelang keinen bleibenden Eindruck. Versteh mich nicht falsch. Selbstverständlich ist die Liebe, die du deinen Kindern schenkst, und die Kraft, die du in deine Ehe und Familie investierst, sichtbar. Sie wird so selbstverständlich erwartet wie morgens die Sonne und abends der Mond. Deswegen fühlte ich mich nicht wahrgenommen in dem, was ich tat, und dieses sich unsichtbare Verausgaben hat mich ganz mürbe gemacht. Bis mir eines Tages klar wurde, dass es um mein Leben geht und ich mir noch nie die Frage gestellt habe, wie ich wahrgenommen werden will. Apropos Wahrnehmung. Weißt du, warum die Männer, die hier allein herumstehen, so tun, als würden sie sich für uns nicht interessieren?"
„Keine Ahnung ..."

„Weil wir für die wenigen, die ohne Freundin hier sind, ein unkalkulierbares Risiko darstellen."
„Denkst du? Oder weißt du?"
„Vermute ich. Rein evolutionstheoretisch. Oder besser gesagt evolutionslogisch. Wie oft hast du einen freundlich lächelnden Typen eiskalt abserviert, weil du ihn in Nanosekunden abgescannt und für nicht gut genug befunden hast? Ohne darauf Rücksicht zu nehmen, dass deine – vielleicht nur aus einer vorübergehenden Laune heraus – abweisende Reaktion ihn zerstört hat, weil sie ihm klargemacht hat, dass sein Alter, Aussehen, Status und Einkommen evolutionsbiologisch für dich nicht in Frage kommen. Und wenn so eine Abfuhr öfter passiert, hat das verhängnisvolle Auswirkungen auf sein Ego. Seine Zukunft. Und seine Altersversorgung. Also ist der durchschnittliche Mann aus gutem Grund ängstlich und unsicher und riskiert keine unnötige Abfuhr", ergänzt Britt und grinst, bevor sie einen Schluck von meinem Cool Savage nimmt.
„Hast du in der Zeit deiner Ehe jemals an eine Affäre gedacht?" frage ich.
„Klar. Macht aber auch nicht gerade sichtbar, oder?! Es hat ziemlich lange gedauert, bis ich begriffen habe, dass ich einen Mann allein nicht für mein Glück verantwortlich machen kann. Männer sind ein wichtiger Teil in meinem Leben. Aber eben nur ein Teil meiner Welt. Ich glaube, dann funktioniert es." An dieser Stelle wird unser Gespräch leider jäh beendet, denn Jill hat sich auf der Treppe in Pose gebracht, und wäre da nicht das lautpfeifende Mikrophon, das sie wie einen toten Fisch in der Hand hält, wäre ihr „Auftritt"

eine wirklich gelungene Überraschung geworden. Dummerweise bekommt aber Max den ersten Applaus, weil er uns von dem widerlichen Pfeifton, der mich an den alten Mr. Cox erinnert, befreit. Jill kann erst, nachdem die Bravorufe erloschen sind, tapfer lächelnd ihre Gäste begrüßen. Ist so „delighted und proud to be here“. Spricht über ihre atemberaubende Karriere. Und ist so „thankful“, heute Abend so viele bekannte Gesichter zu sehen. Und weil sie „das alles“ niemals allein geschafft hätte, beginnt sie die Namen derer, die ihr auf dem Weg zum Erfolg geholfen haben, von einem kleinen Zettel abzulesen, und mir werden zwei Dinge klar:
a) Jill und ihre Frisur erinnern mich an Julia Roberts, als sie 2000 für ihre Rolle als *Erin Brockovich* den Oscar bekommen hat und
b) Eine Frau kann anscheinend gar nicht Plumji genug sein, wenn sie erfolgreich sein will.
Leider verschaffen mir beide Erkenntnisse nicht die nötige Energie, um mein Selbstbewusstsein aus seinem komatösen Schneewittchen-Schlaf zu befreien, und ich mache mich auf die Suche nach einem Notausgang. Ab nach Hause. Oder besser gesagt: Ab zu Fred. Da lässt mich ein vertrautes Lächeln, das ich am oberen Treppenabsatz an der Bar entdecke, innehalten. Dort oben steht doch tatsächlich mein Fels in der Brandung aus der Picasso-Ausstellung, und soweit ich es aus der Entfernung erkennen kann, steht keine Felsin neben ihm.
Ich verabschiede mich von Britt, und wir tauschen unsere Mobilnummern aus, um das unterbrochene Gespräch so bald wie möglich fortzuführen.

Jill redet und redet. Und blockiert die Treppe. Meine Augen suchen das Treppenhaus. Einen Fluchtweg. Einen Fahrstuhl. Um unauffällig meinen Felsen zu erreichen. Und entdecken endlich eine offene Tür. Leider übersehe ich dabei einen Kellner mit einem Tablett voller Champagnergläser. Perfekt! Die Arme vor dem Busen verschränkt, bleibt mir nichts anderes übrig, als in der Toiletten-Drei-Raum-Wohnung unter dem Handtrockner meine Bluse zu trocknen und die Live-Übertragung von Jills Rede auf dem riesigen TV-Monitor an der Wand zu verfolgen. Sie spricht von unruhigen Zeiten auf dem asiatischen Markt, und ich stelle beruhigt fest, dass mein Fels in der Brandung nach wie vor an derselben Stelle steht.
Als Jill endlich zu Tränen gerührt den riesigen Blumenstrauß, den sie sich hundertprozentig selbst passend zum Kleid gekauft hat, entgegennimmt, schicke ich, begleitet von stürmischem Applaus, ein Stoßgebet an meine Großmutter und bitte sie bei der Unsichtbarkeit der Terry-Frauen, den Felsen nicht verschwinden zu lassen. Und wenn nötig, auch zu drastischen Maßnahmen zu greifen. Und das Wunder geschieht. Als mein Fels in Bewegung gerät, um Jill zu ihrer gelungenen Rede zu gratulieren ... Sich für die Einladung zu bedanken ... Ihr zu sagen, wie umwerfend sie aussieht ... Sie zu einem gemeinsamen Wochenende in die Rocky Mountains einzuladen ... Oder um sich ganz einfach nur die Beine zu vertreten ... übersieht er eine Pelzstola, die plötzlich auf der Treppe liegt und mich verdächtig an den alten Hasen von Tante Guthrie erinnert. Stolpert ... Verliert das Gleichgewicht ... Überschlägt sich ... Und bleibt regungslos liegen.

Stille.
„O mein Gott! Ist er tot?“ ruft Jill, und weil sie vergessen hat, das Mikrophon auszuschalten, sorgt sie beinahe für eine Massenhysterie. Ich starre auf den bewusstlosen Felsen und sehe, wie Britt, die im Gegensatz zu Jill einen kühlen Kopf bewahrt, ihn mit einem gekonnten Griff in die stabile Seitenlage bringt. Und als wäre das alles nicht genug, steht plötzlich Peter neben Jill und redet wild gestikulierend auf sie ein, und: „Nicht! Nicht jetzt! Au! Du tust mir weh!“ sind Jills letzte Worte, die live übertragen werden, bevor Max endlich das Mikro ausschaltet und ich nur noch an den Lippenbewegungen erkenne, dass Peter „Das ist nicht dein Ernst. Du kommst jetzt mit mir ...”, oder so etwas Ähnliches brüllt und versucht, Jill, die wie gebannt zusieht, wie „Mr. Right“ von Britt und zwei Sanitätern auf eine Bahre gelegt und abtransportiert wird, in die Augen zu schauen.
Dann geht alles ganz schnell. Ich stürze in meiner noch halbnassen Bluse ins Foyer, und weil sich in dem Chaos keine der Damen an der Garderobe für mich zuständig fühlt, werfe ich mich beherzt zwischen die wie Weintrauben an reifen Rebstöcken hängenden Mäntel. Als ich eine kleine Ewigkeit später endlich vor der Fabrik stehe, fährt der Rettungswagen gerade mit Blaulicht und heulendem Martinshorn los, und ich sehe fassungslos zu, wie mein Fels ein zweites Mal verschwindet.

13

Weil Britt das Klingeln des Telefons im Rettungswagen bestimmt nicht hören kann, schreibe ich eine SMS:

> „Hallo Britt! Ich muss unbedingt wissen, wohin du gerade fährst. Erkläre dir alles später! Jane“

und erfahre von meiner Mailbox, dass zwischen Mitternacht und zwei Uhr morgens vier neue Mitteilungen eingegangen sind. Drei Anrufe von Fred, der wie immer keine Nachricht hinterlassen hat. Und eine SMS von Peter, der anscheinend unter Einfluss einer Überdosis Noradrenalin und Dopamin nicht nur seinen Verstand sondern auch den letzten Tropfen Oxytocin (Treue- und Glückshormon) verloren hat:

> „Darling, du bist wahrscheinlich im Kino. Musste überraschend mit der letzten Maschine nach London. Es gibt Probleme mit der Rechtsabteilung in Kensington. Bin Montagabend wieder zu Hause. Take care. Peter.“

„You better take care, Dumpfbacke”, denke ich, kurz davor, ein paar Schritte in meine Zukunft zu investieren, um ihm persönlich zu sagen, dass er bald ein riesiges Problem mit einer Rechtsabteilung in Berlin haben wird. Da erleuchtet Britts Antwort das Display:

> „Liebe Jane, fahre mit Tarzan ins Martin-Luther-Krankenhaus. Warte dort in der Notaufnahme auf mich!"

Keine zehn Minuten später sitze ich zwischen einer Schnittwunde und einer Herzrhythmusstörung und wünsche mir, dass die Krankenhausatmosphäre nicht zu sehr an meinem noch sehr zerbrechlichen Ich-bin-auf-dem-richtigen-Weg zerrt, weil sonst mein Einen-Irrtum-aufrechtzuerhalten-ist dumm in akuter Gefahr schwebt, zu einer Frage zu verkommen.
Auch Peter musste ab und zu in die Notaufnahme, da vor allem lange Wochenenden seiner Gesundheit zu schaffen machten. Manchmal konnte ein Telefonat mit meinem Vater helfen. Aber seit dieser in einer Psychiatrischen Abteilung ohne eigenen Telefonanschluss liegt, ist Peter ärztlich unterversorgt, und das genügte, um sich krank und elend zu fühlen. Zurzeit macht er einen bösartigen Tumor für seine starken Kopfschmerzen verantwortlich, den er ziemlich genau hinter dem rechten Schläfenbein vermutet. Ich vermute, dass Peter altersweitsichtig geworden ist. Aber er sagt, er sei zu jung für eine Lesebrille, und nimmt lieber zwei Aspirin gegen seinen Gehirntumor.
Endlich kommt Britt und nimmt mich beiseite.
„Jane, du erklärst mir alles später. Je weniger ich weiß, umso besser. Da nur Familienangehörige Auskunft bekommen dürfen, habe ich gesagt, dass du eine gute Freundin von mir und die Ehefrau des Patienten bist.

Okay? Verplappere dich bitte nicht, sonst kostet mich das Kopf und Kragen. Dein Tarzan hat eine ziemliche Beule am Kopf und eine leichte Gehirnerschütterung. Aber er wird's überleben." Britt, der vor Müdigkeit die Augen zufallen, wünscht mir noch viel Glück mit meinem nagelneuen Ehemann und sagt:
„Er liegt in Zimmer Nummer 207. Erster Stock. Block B. Ruf mich noch heute an! Wir könnten Mittagessen gehen!"
Dann verschwindet sie durch die riesige Drehtür im Morgengrauen.

Wenige Minuten später stehe ich in einem langen Gang im grellen Neonlicht und öffne leise die Tür mit der Nummer 207. Das schwache Morgenlicht dämmert durch die graublauen Vorhänge, und es ist mein Schatten, der mit jedem Schritt, den ich auf den schlafenden Felsen zugehe, kleiner wird, bis er schließlich, als ich am Bett stehe, ganz verschwunden ist. Neben mir auf dem Nachttisch liegt seine Patientenkarte:

Zimmer: Nummer 207
Station: B
Name: Daniel Pendelstein

Langsam lese ich den Namen noch einmal. Achte darauf, keinen Buchstaben zu verdrehen. Und höre, wie Fred laut zwischen meinen Ohren lacht.
„Was gibt es da zu lachen! Hast du das gewusst?" reagiere ich wütend.
„Wie denn?! Hab ich dir etwa gesagt, dass du in dieses Krankenhaus fahren sollst? Ich bin selbst ziemlich

überrascht, dass du mitten in der Nacht Daniel Pendelstein triffst. Und entschuldige bitte, wenn ich lache! Aber du solltest dein Gesicht sehen!", kichert Fred und kann sich gar nicht beruhigen.
„Wenn du denkst, dass du dein Ziel erreicht hast, dann irrst du dich gewaltig! Ich werde jetzt gehen!"
„Ich finde, du könntest wenigstens guten Morgen sagen", versucht Fred eine ernste Antwort, und als er von neuem losprustet, halte ich mir die Ohren zu und bestehe darauf, dass er sofort mit dem Lachen aufhört.
Von Melanie weiß ich, dass sie Patienten unter bestimmten Umständen empfiehlt, Probleme mit unsichtbaren Gesprächspartnern zu diskutieren, und es nur bedenklich findet, wenn sie sich verabreden und verärgert sind, wenn die unsichtbaren Gesprächspartner nicht erscheinen. Oder zu spät kommen.
Mich beunruhigt in meinem Zusammenhang, dass nicht ich, sondern der unsichtbare Gesprächspartner Kontakt zu mir aufgenommen hat.
„Du willst doch jetzt nicht kneifen?", fragt Fred.
„Was willst du überhaupt mitten in der Nacht von mir?!", frage ich zurück.
„Ich dachte, du willst nicht mehr unsichtbar sein? Oder hast du das schon vergessen. Ich sage nur: Materie."
„Nein. Habe ich nicht."
„Na dann! Setz dich hin und warte, bis Daniel aufwacht. Oder mach ein lautes Geräusch."
Ich ignoriere Freds Ratschläge, weil ich nicht glaube, dass der Fels Daniel Pendelstein ist, und sage, während ich unter Freds lautem Protest aus dem Zimmer gehe: „Ich möchte weder meinen Fels noch Daniel Pendelstein unter solchen Umständen kennenlernen", und

lasse völlig entnervt die Tür so schwungvoll los, dass sie mit einem lauten Knall ins Schloss fällt.
„Na geht doch", sagt Fred, „aber du hättest im Zimmer bleiben müssen."
„Du weißt genau, dass das keine Absicht war. Das ist nur deinetwegen passiert!", werfe ich Fred vor und lausche an der Tür. Stille.
Da tippt ein spitzer Finger auf mein linkes Schulterblatt.
„Frau Pendelstein?"
Als ich mich umdrehe, sehe ich erst einen rotlackierten Zeigefingernagel und dann Schwester Luises Gesicht. So steht es jedenfalls auf dem Namensschild, das sie am Revers ihres superweißen Arbeitskittels trägt. Müde lächelnd ignoriert sie meinen fragenden Blick in ihre blauen Augen und legt ihre kleine, feste Hand auf meine Schulter: „Ihrem Mann geht es den Umständen entsprechend gut. Er kann schon heute Nachmittag nach Hause. Es ist schön, dass Sie bei ihm sind, wenn er aufwacht."
Dann dreht sie mich mit sanftem Ruck um meine eigene Achse, und noch bevor ich reagieren kann, stehe ich wieder vor Daniel Pendelsteins Bett.
Schwester Luise geht in ihren weißen lautlosen Schuhen zum Fenster und öffnet mit einem energischen Ruck die Vorhänge. Ich sehe meine Mutter vor mir, die genauso lautlos aus dem Nichts auftauchen konnte, um so absurde Fragen zu stellen wie:
„Na, kleine Jane, ist deine Nase auch frei?"
Und ich habe kreidebleich vor Schreck einen idiotischen kleinen Knicks gemacht und geantwortet:
„Thank you, Mummy. My nose is fine."
Durch die Fenster sehe ich den Sonnenaufgang am

wolkenfreien Himmel, und bevor meine Beine nachgeben, sinke ich auf den Stuhl neben dem Bett.
„Sie sind bestimmt müde“, meint Schwester Luise, und ich denke, wie immer, wenn ich an Ma denke, auch an Dad und habe plötzlich das Gefühl, dass es höchste Zeit ist, ihnen, die sich, solange ich mich erinnern kann, in fremden Nasen besser auskannten als im Leben ihrer einzigen Tochter, zu sagen, dass sie einen Knall haben. Dass ich sie aber trotzdem liebe.
Einem Reflex folgend, ziehe ich Pendelsteins Bettdecke bis zu seinem Kinn und finde ihn viel zu jung, um Freds alter Freund zu sein. Schwester Luise streicht ihren weißen Kittel glatt und erklärt, dass der Patient ein Beruhigungs- und Schmerzmittel bekommen habe, sieht auf die Uhr, schreibt die Zeit in eine Liste, schiebt diese in eine Klarsichthülle am Fußende des Bettes und sagt an einem Samstag um sechs Uhr morgens lächelnd:
„Ich gehe jetzt. Wenn Sie etwas benötigen, drücken Sie einfach den roten Knopf.“
Ich – plötzliche Pendelstein, geborene Terry, bald geschiedene Frame, alias „Ma Jolie“ und „schwarze schwebende Nase“ – bedanke mich bei Schwester Luise, und nachdem sie lautlos verschwunden ist, höre ich Pendelsteins gleichmäßiges Atmen und das Ticken der Uhr an der Wand. Das immer lauter und bedrohlicher wird.
Daniel sieht aus, als ob er träumt. Seine Lider bewegen sich, und auf seinen Lippen ist ein leichtes Zucken zu erkennen. In seinem Buch habe ich gelesen, dass Ticken ein von Menschen gemachtes „Überlagerungsgeräusch“ ist. Die Erde grollt. Donnert. Rauscht. Und zischt. Aber

sie tickt nicht. Weil nichts Lebendes in regelmäßigen Abständen tickt. Und er findet es absurd, dass wir uns ausgerechnet dann sicher fühlen, wenn es tickt.
Er fragt, woher es kommt, dass wir das Vertrauen in unseren Planeten verloren haben und alles einem von uns erfundenen und kontrollierten Zeit- und Wertmaß unterwerfen. Auch das Sichverlieben. Das Daniel mit einem Erdbeben vergleicht, weil es uns jederzeit und überall begegnen und mit derselben überraschenden Wucht über uns hereinbrechen kann. Um entweder neue Landschaften im – übertragenen Sinn Kinder – entstehen zu lassen.
Oder alles in Schutt und Asche zu legen. Im übertragenen Sinn könnte damit meine Ehe gemeint sein.
Seine Theorie, dass angesichts unseres Kontrollwahns schon bald ein Frühwarnsystem für die Liebe entwickelt werde, würde Melanie bestimmt gefallen. Überhaupt schreibt Daniel in seinem Buch viel über die Liebe.
Ich versuche mich zu erinnern, ob ich jemals ein Foto von Daniel gesehen habe, und um mich besser konzentrieren zu können, schließe ich die Augen. Und schlafe ein.
Träume, dass ich an der Wahl der Miss Universum teilnehme und zur allgemeinen Überraschung gewinne. Fred überreicht mir die Schärpe, auf der in goldenen Buchstaben „Miss Urknall" geschrieben steht, und als Plumji davon erfährt, erstarrt sie zu einer Gipsfigur und fällt vom Plafond unseres Schlafzimmers. Peter direkt auf den Kopf. Da riecht es plötzlich verdammt gut nach Kaffee.

14

Als ich erwache, sehe ich in die neugierigen Augen Daniels. Sein Gesicht ist bis auf eine kleine Schramme an der rechten Schläfe und eine ziemlich große Beule auf der linken Stirnseite unversehrt.
Und als er mich mit: „Gratuliere, Miss Urknall!“ begrüßt, ist klar, dass ich im Schlaf gesprochen habe. Wahrscheinlich mit schräg auf die Schulter gefallenem Kopf. Und dümmlich halboffenem Mund. Ein aufrichtigeres Ausgangsbild für eine wie auch immer geartete Beziehung gibt es nicht, und soweit ich weiß, wurde eine Frau noch nie zuvor von einem Künstler mit so einem Gesichtsausdruck verewigt. Ich antworte, während ich mich aufrichte:
„Mein Name ist Jane. Jane Terry. Und das mit dem Urknall kann ich erklären ...“, und überspiele meine Verlegenheit, indem ich auf die Uhr sehe.
„Du bist Freds unsichtbare Freundin Jane? Warum hat er nie erzählt, dass du so hübsch bist?“
„Ist das so wichtig?“ frage ich, nehme die Thermoskanne vom Nachttisch und schenke mir eine Tasse Kaffee ein.
„Nein. Nicht wichtig. Aber erfreulich. Du bist hübscher als ‚Ma Jolie‘-Missterryjane!“
Um mich abzulenken, schütte ich viel zu viel Milch und Zucker in meinen Kaffee und sage: „Und du bist viel jünger, als ich dachte.“

„Wie kommst du darauf?"
„Weil Fred mir erzählt hat, dass er dich seit dem Krieg kennt." „Er meinte meinen Vater Daniel. Die beiden haben sich in einem verschütteten Kino kennengelernt. Mein Vater hat auf dem Teil der Bühne, der noch nicht eingebrochen war, gespielt, als Fred plötzlich zwischen all dem Schutt auftauchte. Da ist er vor Schreck von der Bühne gekippt, und Fred hat begeistert applaudiert und so lange gelacht, bis mein Vater ihm eine geknallt hat. Von da an waren sie unzertrennliche Freunde. Aber jetzt erklär mir, wieso du hier bist."
„Ich war im ‚Foufous' und habe gesehen, wie du auf der Treppe gestolpert bist. Dein Sturz war ziemlich beeindruckend."
„Sag nicht, dass ich dir vor die Füße gefallen bin!"
„Nicht direkt. Aber fast..."
„Und das hat dir so gut gefallen, dass du dir gedacht hast, den schau ich mir genauer an?"
„Nein. Ich meine, ja. Seit wir uns im Museum begegnet sind, will ich wissen, wer du bist. Ich meine ... Ich wusste ja nicht, dass ausgerechnet du ... Und dass wir uns eigentlich schon lange kennen. Zumindest durch Fred. Also, ich wollte einfach wissen, wer du bist", komme ich endlich auf den Punkt und frage: „Warum bist du eigentlich an dem Abend im Museum so schnell verschwunden?"
„Also eigentlich warst du ja plötzlich weg. Ich habe mich nur für einen kurzen Moment „Ma Jolie" zugewandt und überlegt, wie ich dich beeindrucken könnte, als plötzlich an deiner Stelle ein riesiger Typ stand, und du kannst mir glauben, er hat ziemlich erstaunt reagiert, als ich ihn nach seinem Vornamen

gefragt habe. Ich bin dann nach Hause gegangen, weil ich erst ein paar Tage zuvor von einer langen Pakistanreise zurückgekommen war und Menschenmasse nach Menschenleere immer anstrengend ist. Wenn ich allein bin, sehne ich mich nach Menschen. Kaum bin ich nicht allein, sehne ich mich nach Einsamkeit."

„Hast du Kopfschmerzen? Es ist ein Wunder, dass deine Knochen noch heil sind", antworte ich.

„Nein. Alles soweit in Ordnung. Ich habe nur keine Ahnung, wie ich hierhergekommen bin. Und wie geht es dir?", stellt Daniel die Frage aller Fragen, und das, obwohl er der Patient ist.

„Danke. Mir geht es gut. Ziemlich gut sogar."

„Unsichtbar und gut?"

„Nein. Sichtbar gut. Seit ich weiß, dass ein unsichtbares Leben nicht unverwundbar macht, sondern nur ohne einen stattfindet."

„Wie kamst du denn auf die Idee, dich unsichtbar zu machen?"

„In einer langweiligen Physikstunde. Mir gefiel die Darstellung einer harmonischen Schwingung, und der dazugehörende Text passte perfekt zu meinem Leben. Ich kann ihn noch heute auswendig." „Kann ich ihn hören?", fragt Daniel überraschend, und ich schließe meine Augen, um mich besser konzentrieren zu können: „Die Möglichkeit der periodischen Anregung der Schwingung mit einer von außen vorgegebenen Frequenz besteht. Erfolgt die Anregung nicht auf der Eigenfrequenz des harmonischen Oszillators, so schwingt der Oszillator nicht auf seiner Eigenfrequenz, sondern folgt der Anregungsfrequenz mit geringer Amplitude. Nähert sich die Anregungsfrequenz der Resonanzfrequenz, so steigt die Amplitude an, bis sie etwa auf der Resonanzfrequenz ihr Maximum erreicht. Wird dabei genügend Energie zugefügt, kann es zur Resonanzkatastrophe kommen."

„Dieser Text passte zu deinem Leben?", flüstert Daniel, und als ich meine Augen öffne, sehe ich sein Gesicht ganz nahe vor mir, und tief in seine Augen versinkend, sage ich wie ferngesteuert:

„Sehr gut sogar. Stell dir vor, die von außen vorgegebene Frequenz sind meine Eltern. Ihre Anregung erfolgt nicht auf der Eigenfrequenz des harmonischen Oszillators, das bin ich, sondern als Anregungsfrequenz mit geringer Amplitude. An dem Tag, an dem ich beschloss, unsichtbar zu werden, hatte ihre gleichgültige Resonanzfrequenz mir gegenüber ihr Maximum erreicht. Obwohl ihre Energie nach wie vor Druck auf mich ausübte. Da kam es zur Resonanzkatastrophe!" Daniels Gesicht kommt noch näher, und kurz bevor unsere Lippen sich berühren, weiche ich zurück und füge hinzu, dass es zahlreiche Experimente gibt, die dieses Phänomen bestätigen, wie zum Beispiel der Film *Tacoma-Bridge* oder ein Weinglas zersingen.

„Mhmm ...", sagt Daniel und nickt langsam, während er mir tief in die Augen schaut. „Ich beschäftige mich mein ganzes Leben mit Schwingungen, die Katastrophen erzeugen, und plötzlich sitzt ausgerechnet du vor mir und behauptest, eine Resonanzkatastrophe zu sein ... Darf ich dich küssen?"

„Nein. Das ist nicht komisch", sage ich und lehne mich zurück. „Erklär mir lieber, was dich an Schwingungen so sehr interessiert, dass du sie andauernd messen musst."

„Dass sie schwingen? Ich weiß es nicht. Es ist einfach so. Fred hat diese Frage auch andauernd gestellt. War Fred an dem Abend im Museum auch da?"
„Ja."
„Ich habe ihn lange nicht gesehen", sagt Daniel und lässt sich in sein Kissen fallen. „Aber wir schreiben uns. Und seit er ein Fotohandy hat, schickt er mir Bilder von seinen Lieblingsfilmen, und ich schicke passende Landschaften zurück."
„Ich weiß. Er hat mir ein Foto von dir gezeigt, das eine Stabheuschrecke auf einem Blatt zeigt, und er war ziemlich irritiert, weil du fandest, dass sie zu dem Film *Ehemänner und Ehefrauen* von Woody Allen passe."
„Ich finde, sie passt perfekt zur zentralen Frage des Films: ‚Do you ever hide things from me?' Die Stabheuschrecke ist doch auf den ersten Blick gar nicht zu erkennen. Jemand erzählte mir die Geschichte eines todunglücklichen Künstlers, der nicht mehr schlafen und nicht mehr essen konnte, weil seine letzte Arbeit ihm auch den letzten Nerv raubte. Er hatte einen Text in eine lichtundurchlässige, schwarze Folie verpackt, der bei der geringsten Berührung durch Licht zerstört würde. Niemand sollte je erfahren können, ob es den Text überhaupt gibt, weil es gar nicht um ihn ging, sondern darum, dass Schwarz die Summe aller denkbaren Texte enthält. Und Weiß die Summe aller denkbaren Zwischenräume und aller nicht-geschriebenen Texte. Aber die Menschen, die seine Arbeit sahen, wollten alle nur wissen, ob es den Text gibt. Oder nicht."
„Mir ist auch klargeworden, dass jeder gemachte Schritt alle denkbaren Schritte enthält, und deswegen mache ich mich jetzt auf den Weg."

„Wohin?“, fragt Daniel erschreckend konkret, und ich spreche aus, woran ich zuerst denke: „Erst einmal nach London zu meinen Eltern. Ich muss da einiges in Ordnung bringen.“
„Wir könnten mit derselben Maschine fliegen. Ich muss morgen Abend in London einen Vortrag über die Vulkan-Insel Fogo, die mitten im Atlantik vor der Westküste Afrikas liegt, halten. Du bist herzlich eingeladen.“
„Mich würde eher ein Vortrag interessieren, indem du erklärst, warum du das Beben der Erde in den Griff bekommen willst.“
„Ich will es in den Griff bekommen wie ein Rennfahrer die Geschwindigkeit. Es geht darum, sich hinzugeben und jeden Augenblick bewusst zu leben, um jeden Gedanken und jedes Bild zu einem lebendigen Ort zu machen. Nicht umgekehrt. Verstehst du? Außerdem faszinieren mich Erdbeben und Vulkane, seit ich denken kann. Deswegen bleibe ich auch nur zwei Tage in London, um dann nach Mexiko City zu fliegen, von wo ich mit meinem Assistenten auf eine zwei Tage Autoreise entfernte Hochebene fahre. Dort werden wir in einer Wiese, die so groß ist wie ein Ozean, unsere Zelte aufschlagen.“
Daniels gute Laune und die Art und Weise, wie er über seine Leidenschaft spricht, ist so unkompliziert anders als der ernste wissenschaftliche Ton, den ich von meinen Eltern kenne, dass ich neugierig werde und mir sogar vorstellen kann, von der Erde ein wenig durchgerüttelt zu werden.
„Mal sehen. Vielleicht besuche ich dich“, sage ich, und Daniel antwortet: „Warum nicht?“ Und dass er sich

sehr darüber freuen würde, und er erzählt, wie überwältigend es sei, wenn die Erde bebt. Allerdings überkommt mich bei der Vorstellung, doch noch mit einem Koffer in einer riesigen Wiese zu landen, ein seltsames Gefühl, und ich unterbreche Daniels Beschreibung der einzigartigen Wolkenformationen Südamerikas und erwidere, ich fände es verrückt und viel zu gefährlich, sich freiwillig einem Erdbeben auszusetzen.

„Es ist verrückt. Und gefährlich. Wie die Liebe. Auch sie ist eine hormongesteuerte Naturgewalt, der wir uns, um dein Wort zu verwenden, immer wieder aussetzen. Obwohl wir wissen, dass sie zu einer Katastrophe werden kann. Hast du schon einmal darüber nachgedacht, warum wir der Liebe so vieles nachsehen?"

„Nein."

„Dann erklär mir doch bitte, warum du darüber nicht nachdenkst?"

„Weil ich ... weil wir... weil es ...", stammle ich und vermute, der Grund dafür ist der explosive Cocktail aus Hormonbotenstoffen, der sich gerade auf den Weg macht, um meinen Körper zu überfluten. Und Melanies warnende Worte „Statt gemütlich im ersten Gang zu flirten, schalten wir in den zweiten Gang und verlieben uns" lassen mich für den Moment, in dem ich zurückschalte und den Tempomat einlege, verstummen, und ich wiederhole in Gedanken: Flirten: Ja. Hormonsturm: Nein, danke. Flirten: Ja. Hormonsturm: Nein, danke. Flirten: Ja. Hormonsturm: Nein, danke. Nicht jetzt!

Leider rutscht das „Nicht jetzt", da ich es gerade mit besonderem Nachdruck formuliert habe, über meine Lippen, und ich antworte auf Daniels fragenden Blick:

„Nicht jetzt. Ich meine. Ich kann das nicht jetzt erklären. Ich bin zu müde. Und werde jetzt nach Hause fahren."
Und während ich versuche, seinem unwiderstehlichen Blick zu widerstehen, nehme ich mir vor, meine Decidophobie (Angst vor Entscheidung) und meine Allodoxophobie (Angst vor einer Meinung) zu besiegen, und sage:
„Ich werde jetzt gehen."
Daniel findet, ich solle noch bleiben. Irgendwie lächelt er ein wenig zu viel für meinen Geschmack, und es sieht ganz so aus, als ob die Botenstoffe in seinem Körper bereits ihr Ziel erreicht hätten, denn er findet meine von der langen Nacht ganz strähnigen Haare wunderschön. Und meine – wie ich finde ganz normalen – Hände besonders zart. Und feingliedrig.
Als er mir auch noch gesteht, dass er meinen Namen von Anfang an mochte, werde ich schwach, weil ich gar nicht glauben kann, dass ich ihn „nur" an mich erinnere, und sage geschmeichelt:
„Von mir aus können wir gern heute Abend gemeinsam nach London fliegen. Bist du denn sicher, dass du das in deinem Zustand überhaupt schaffst?"
„In meinem Zustand?" wiederholt Daniel und meint zum Glück wie ich die Beule und nicht die Hormone. „Klar. Das ist nicht das erste Mal, dass ich auf den Kopf gefallen bin."
Und dann verabreden wir, mit der Maschine um 18.30 Uhr nach London zu fliegen.
Aber erst fahre ich zu Fred. Als ich in meinen Mini steige, stelle ich das Autoradio laut und höre meinen „Top-Number-one-Sichtbarkeitssong" von Titiyo und singe:

„Come along now, come along with me. Come along now, come along and you'll see, what it's like to be free",

und während ich Gas gebe, fühle ich mich zum ersten Mal in meinem Leben nicht mehr verantwortlich für die tragischen Helden meines unsichtbaren Lebens. Goodbye Mr. Cox, Mr. Terry und Mr. Frame! Onkel Barney nicht zu vergessen!
(In der Reihenfolge ihres Erscheinens.)

15

Barney Barnes war Großmutters einziger Bruder, und ihr mahnendes „Mach keine halben Sachen. Denk an Onkel Barney!“, klingt in meinem Ohr, als säße sie neben mir. Wenn er seine dicke Zigarre rauchte und sie vor meinen staunenden Augen in seinem Ohr verschwinden ließ, um sie aus seinem Mund wieder hervorzuholen, war Onkel Barney ein faszinierendes Hals-Nasen-Ohren-Wunder, das seltsamerweise meine Eltern nicht im Geringsten beeindruckte. In ihren Augen war er nur eine tragische Figur, die aus lauter gescheiterten Anläufen bestand. Onkel Barney sah das ganz anders. Er war ein Rebell, der das hinterlassene Desaster benötigte, um sich lebendig zu fühlen.

Das letzte Mal sah ich ihn auf einer karierten Tischdecke, die auf einer unverdorbenen und urwüchsigen Wiese in Cornwall lag. Wir ruhten uns von unserem Spaziergang im „Two Moors Way“ aus, der die beiden Nationalparks Dartmoor und Exmoor verbindet, und zwischen uns lagen Pasteten, Eier, Roastbeef, Brot, Butter, Würstchen und Senf. Großvater war verärgert, weil Barney wieder einmal nichts Essbares beigetragen hatte, und rief, als der sich über das Picknick hermachte:

„Du gefräßiger Faulpelz bist kein Rebell! Dazu fehlt dir der Mut! Du bist ein Desaster! Kannst du dich nicht

wie ein anständiger Mann benehmen?"
Onkel Barney, der leise sprach, schluckte schwer an seinem Roastbeef und antwortete mit bebender Stimme:
„Ich habe es satt, immer verglichen zu werden ... Ich strebe nach Risiko in höchster Vollendung! Aber das könnt ihr Snobs ja nicht verstehen!" Stand langsam auf, ließ seine Serviette auf die Butter fallen und ging, ohne sich zu verabschieden. Als er wenig später hinter einem riesigen Rhododendron verschwunden war, murrte Großvater „Idiot!", und Großmutter, die ganz blass vor Aufregung war, sagte halblaut:
„Barney Barnes, du gehst nicht mit Gott! Du wirst in der Hölle schmoren!", und sah verstört in den Himmel, als ob dort oben jemand für Höllenfahrten zuständig wäre.
Nur wenige Wochen später erreichte uns die traurige Nachricht, dass Onkel Barney nach einem Dutzend verdorbener Austern in einem zwielichtigen Hotelzimmer in Plymouth auf einer Grazie namens Flora zur Hölle gefahren war. Großmutter suchte in diesen schweren Stunden Trost bei Ma und entdeckte in den langen Nächten, die sie vor unserem Kamin verbrachte, die Silbe „ent-", die in ihrem Wortschatz bisher nur zu Weihnachten vorgekommen war. Als Ente. Auf Orangenmousse. Entrüstet und entsetzt über die peinlichen Enthüllungen, die zum Vorschein brachten, dass Barney's einziges Erbe aus einem Chaos halbseidener Affären bestand, seufzte sie händeringend:
„Dachtest du wirklich, dass diese Desaster dich lebendiger machen, Barney Barnes!?" Und während Mutter entnervt eine Flasche Bordeaux entkorkte, saß Groß-

mutter entkräftet in einem Ohrensessel und konnte sich nicht entsinnen, jemals so enttäuscht worden zu sein.
Als sie während der Begräbnisformalitäten auch noch erfahren musste, dass ihr Bruder nur zu einer Hälfte mit Tante Linda verheiratet gewesen war, weil die andere einer Carla Thompson aus Plymouth zustand, war sie so enttäuscht, dass sie noch im Krematorium die warme Asche ihres Bruders halbierte. Jetzt liegt die eine Hälfte von Onkel Barney in Plymouth, während die andere in seinem Geburtsort Aberystwyth in Wales begraben liegt.
Ich öffne die Wagenfenster, um den letzten Rest von Jills Parfüm zu vertreiben, und hole tief Luft. Würde ihre Duftfahne nicht so penetrant in meinem Mini hängen, könnte ich denken, ich hätte die letzten vierundzwanzig Stunden geträumt. Ob Jill gerade in Peters Armen liegt? Samstag früh um acht. Während ich über die menschenleere Straße-des-Siebzehnten-Juni fahre. Ich schüttle meinen Kopf, als ob das Gedanken vertreiben könnte, und überlege, wo ich um diese Zeit frühstücken kann. Fred steht nie vor neun Uhr auf, und selbst wenn ich Sturm klingeln würde, könnte er mich nicht hören, weil er mit Ohrstöpseln schläft.
Als ich ihn einmal fragte, ob ihn das nicht wahnsinnig machen würde, antwortete er:
„Es ist, als ob ich unter Wasser atmen könnte“, und holte eine kleine Metalldose aus seiner Hosentasche, in der die in rosarote Watte verpackten Wachskugeln lagen. „Manchmal trage ich die auch tagsüber. Dann ist es wie in den Sommerferien, die wir am Schlachtensee verbrachten. Meine Mutter bestand darauf, dass ich

die kleinen Wachsbällchen ständig trug, um meine vom vielen Tauchen entzündeten Ohren vor Wind und Wasser zu schützen."

Fred erzählte von einer kleinen Bucht hinter einer Halbinsel. Dort kletterte er immer auf „seinen" Baum und sah seine Schwestern im Wasser oder auf einer riesigen hellblauen Wolldecke liegen, lesen, essen, Karten spielen. Und hörte keinen Laut.

Nur das Blut rauschte in seinen Adern, und sein Herz klopfte wie wild, bevor er sprang und untertauchte.

Fred glaubte fest daran, dass zwischen dem Nilpferd-Wasserbassin im Zoo und dem Schlachtensee, dessen tiefste Stelle nur acht Meter misst, ein Tunnel existierte, und er hoffte, auf dem Grund des Sees Kurt zu begegnen.

Vor mir in der Morgensonne leuchtet der goldene Engel der Siegessäule, und ich habe plötzlich den unwiderstehlichen Wunsch, Freds Baum zu finden. Weil ich aber keinen blassen Schimmer habe, welcher der vielen kleinen Seen im Grunewald der Schlachtensee ist, halte ich in Charlottenburg vor einem italienischen Restaurant, um nach dem Weg zu fragen. Und um meinen knurrenden Magen zu beruhigen.

Hinter dem Tresen poliert ein lässiger Typ Weingläser mit einem schmuddeligen Geschirrtuch und begrüßt mich mit einem gedehnten „Ciao", ohne die hitzige Diskussion mit seinem einzigen Gast zu unterbrechen. Ich nicke, bestelle ein Croissant und setze mich an einen Tisch am Fenster.

„Luigi! Kannst du mir erklären, warum du dein Restaurant ausgerechnet ‚Bella Vista' nennst?! Du weißt, was ‚Bella Vista' bedeutet?"

„Ja. Schöne Aussicht“, sagt Luigi und sieht seinen Gast kampfeslustig an.
„Gut. Wenn du das weißt, dann erklär mir, wieso du ein Restaurant, das an einer Kreuzung liegt, an der sich zwei dreispurige Fahrbahnen kreuzen, so nennst! Wo ist denn deine ‚Bella Vista‘? Meinst du vielleicht das graffitiverschmierte Garagentor auf der anderen Straßenseite? Oder die eingeschlagenen Fensterscheiben darüber? Oder findest du die hässlichen Häuser aus den Fünfzigern so ‚Bella-Vista‘-mäßig?“
„Warum regst du dich so auf?“ fragt Luigi und stellt einen Caffè und ein Croissant vor mich hin. „Es ist doch nur ein Name!“
„Siehst du! Genau das regt mich so auf! Nur ein Name! Du solltest dein Restaurant ‚No Vista‘ nennen.“
„Aber das ist doch kein Name für ein Restaurant!“
„Eben! Du tust, als ob du eine ‚Bella Vista‘ hättest. Und du tust, als ob du eine ‚Bella Vita‘ hättest!“ Warum fällt es dir so schwer, die Dinge beim Namen zu nennen?!“
„Den Dingen ist doch ganz egal, wie ich sie nenne“, sagt Luigi und lächelt achselzuckend.
„Den Dingen ja. Aber denkst du auch einmal an deine Familie? An die Menschen, die sich deinen Schwachsinn anhören müssen? Muss ich jetzt als dein Bruder so tun, als ob ich meine Spaghetti mit ‚Bella Vista‘ verzehre, obwohl sich mir bei dem Ausblick der Magen umdreht?“
„Meine Spaghetti schmecken doch ausgezeichnet“, sagt Luigi achselzuckend und fragt quer durch das Lokal:
„Wie schmeckt der Caffè, Signorina?“

„Danke, sehr gut. Haben Sie eine Straßenkarte von Berlin?“, frage ich.
„Selbstverständlich!“
Und während Luigi einen Stadtplan aus einer Schublade neben der Kasse hervorkramt, sagt sein Bruder:
„Dann nenn dein Lokal doch ‚Bella Pasta‘ oder ‚Da Luigi‘.“
„Davon wird der Blick doch auch nicht schöner“, findet Luigi und legt den Stadtplan kopfschüttelnd vor mich auf den Tisch.
„Nein ... aber ...“, sagt sein Bruder.
„Aber was ...?“, fragt Luigi.
„Aber ich konzentriere mich dann auf das Essen. Verstehst du nicht, was ich meine? Ich muss doch schlau werden aus dem, was du mir sagst ...”
„Was ist dir lieber: Gute Spaghetti und ein grässlicher Blick – oder grässliche Spaghetti und ein schöner Blick? Eh? Ich meine mit ‚Bella Vista‘ den Blick auf mein Essen. Auf den Teller! Wen interessiert das Haus auf der anderen Straßenseite?“
„Sag das doch gleich!“
„Du lässt mich ja nicht zu Wort kommen!“
Während die beiden jetzt diskutieren, warum sie nicht zu Wort kommen, lege ich vier Euro auf den Tisch, und als ich aus dem Lokal gehe, spüre ich Luigis Blick in meinem Rücken und höre, wie er gereizt raunt:
„Du vertreibst jede Bella Vista ...“
„Die Bella Vista ist doch nicht wegen mir gegangen! Wahrscheinlich ist sie wegen der Bella Vista gegangen! Komm schon ... Bring mir einen Teller Spaghetti! Wie geht es Lisa und den Kindern? Wer war eigentlich die hübsche Signorina? Eh?!“

Kurze Zeit später rase ich über die Stadtautobahn. Als der See zwischen dem dichten Blätterwerk auftaucht, erinnert mich das Bild an ein Szenario aus meinem früheren Leben. Dazu passend erhellt eine Illusion aus dieser Zeit das Display meines Mobiltelefons:

> „Darling, ich bin Montag früh wieder in Berlin. Hoffe, bei dir ist alles okay. Das Telefon zu Hause ist anscheinend kaputt. Ich habe mehrmals versucht, dich zu erreichen. Ruf doch mal die Telefongesellschaft an ... P."

Ich antworte, nachdem ich den Wagen geparkt habe:

> „Denk an Onkel Barney",

lösche Peters SMS und wähle Jills Nummer.

„Hallo ...?", meldet sich Plumjis verschlafene Stimme nach einer Weile.
„Hi, Jill. Ich bin's."
„Jane? ... Warum bist du gestern Abend so früh verschwunden? Oh, mein Kopf ... War das eine Nacht ..."
„Ich bin nach Hause gefahren. Ich musste heute früh raus."
„Du hast wirklich was versäumt ... Stell dir vor, mein Mr. Right ist verheiratet!!!"
„Wie bitte?!!", frage ich ziemlich überrascht.
„Ja. Ich habe nach seinem Sturz in der Klinik angerufen, und da hat mir die Schwester gesagt, dass es ihm den Umständen entsprechend gutgeht und seine Frau gerade bei ihm ist."
„Ach so ...", sage ich erleichtert und ergänze: „Ich

meine ... Auch so einer!“, und frage Jill, wie sie geschlafen hat.
„Ich habe so gut wie kein Auge zugetan. Es kommt ja noch viel schlimmer! Der Typ, mit dem ich die Affäre hatte, ist genau in dem Augenblick, als Mr. Not-Right vor meine Füße gefallen ist, im ‚Foufous‘ aufgetaucht und wollte, dass ich zu ihm zurückkehre. Er hatte eine Hotelsuite gebucht und dachte, ich würde mit ihm das Wochenende an der Ostsee verbringen. Als ich nein sagte, hat er doch tatsächlich damit gedroht, mir die Stornogebühren aufzuhalsen! Ich habe ihn zum Teufel geschickt. Soll er doch das Wochenende allein oder mit seiner Frau im Ostseesand am Ostseestrand verbringen!“
„Die hat ihn verlassen ... Ich meine ... Könnte ich mir gut vorstellen“, sage ich, und Jill gähnt:
„Von mir aus. Ich bin total k.o. ... Lass mich noch ein wenig schlafen, ja? Ich ruf dich später an.“ Und legt auf.
Ich grinse bei dem Gedanken, dass Peter allein an die Ostsee gefahren ist, und fotografiere den See, der jetzt in seiner ganzen Pracht vor mir liegt. Das Bild schicke ich Fred, damit er mir glaubt, wenn ich ihm von meinem Spaziergang erzähle. Am Tag nach meiner Hochzeit hatte ich mir geschworen, nur noch im Dickicht des Großstadtdschungels spazieren zu gehen und nie wieder sinnlose Schritte in freier Natur zu verschwenden. Aber dieser Spaziergang ist anders, denn er bringt mich Schritt für Schritt näher zu mir selbst.
Fred hat seinen Baum so genau beschrieben, dass ich ihn vor mir sehe. Den riesigen Stamm, der sich nach zwei Metern teilt. Ein breiter Ast schwebt über dem

Wasser, als ob er die andere Seite des Sees berühren möchte. Der andere wächst kerzengerade in den Himmel.
Während ich den Uferweg entlanggehe, versuche ich meine Gedanken zu zerstreuen und überlege, ob ein Bürostuhl ganz aus Holz ein Erfolg bei gestressten Managern wäre. „Wood I". In unterschiedlichen Walddu ft-Varianten. Mit einem kleinen Holzfäller-Set für die schlaffen Oberarmmuskeln der Vorstandsetagen. Natürlich mit Komfortschalensitz, in sechs Energie Stufen verstellbar. Aber „Wood I" wäre am Ende nur eine schlechte Kopie von „Cool Savage Nr. 1" und ich eine schlechte Kopie von Jill. Ein „Plumji Nr. 2".
Freds Baum ist viel größer, als ich ihn mir vorgestellt habe. Nachdenklich setze ich mich auf die glattpolierte Stelle zweier Wurzelstränge, und während ich mein Spiegelbild im Wasser betrachte, halte ich mir die Ohren zu. Höre, wie es in meinem Inneren rauscht. Denke an meine Hebamme, Mr. Cox. An meine Eltern. An meine Revoltiermanege, in der ich Sprünge aus großer Höhe immer verweigert habe. Und lehne mich an den Baumstamm, der gerade in den Himmel wächst. Von der anderen Uferseite dringt die helle Stimme eines kleinen Mädchens durch meine Handflächen. Sie trägt einen knallroten Badeanzug und ruft einer schwimmenden Frau, die ihre Mutter sein könnte, zu:
„Ich komme. Aber nur, wenn du wartest!" Als sie mit einem Sprung im Wasser verschwindet, ziehe ich meine Hose und Jills schwarze Chiffonbluse aus und lege beides auf meine Schnürschuhe. Klettere langsam auf den Ast, der über dem See schwebt. Setze vorsichtig

einen Fuß vor den anderen und halte mich mit meinen Händen so gut es geht in der furchigen Baumrinde fest. Sehe, wie das Wasser unter mir immer dunkler und mit einem Mal undurchschaubar wird. Und als mein Gewicht das Holz unter den Füßen bedenklich nach unten biegt, atme ich tief durch, schließe die Augen und springe gerade wie eine Kerze in den See. Tauche die ersten Meter. Drehe mich noch unter Wasser um. Blinzele in die Sonnenstrahlen und liege mit ausgebreiteten Armen und Beinen auf dem See. Schwebe. Und lasse mich zurück ans Ufer treiben. Die letzten Meter zu Freds Baum schwimme ich. Da habe ich das Gefühl, als ob ein großer Körper ganz nah an mir entlanggleitet und mich sanft berührt. Als ich mich umdrehe, sehe ich den Schatten eines Nilpferdes im See verschwinden.

16

Als ich vor dem Odeon-Kino parke, ist es kurz vor elf, und wie jeden Samstag um diese Zeit ist Fred gerade damit beschäftigt, die Vitrinen neu zu dekorieren, die Plakate auszutauschen und den Staub von seinem Kassenschrankraum zu wischen. Als er mich sieht, kommt er, so schnell er kann, mit ausgebreiteten Armen auf mich zu und sagt:
„Ich habe die halbe Nacht versucht, dich anzurufen!" und drückt mich fest an sich.
„Ich war ...", sage ich und überlege, wo ich am besten anfange. Aber Fred unterbricht mich, nimmt mich ungeduldig bei der Hand und sagt:
„Am Schlachtensee. Ich weiß. Ich habe dein Foto bekommen. Aber jetzt muss ich dir unbedingt etwas erzählen! Du wirst es nicht glauben! Mir ist etwas Unglaubliches passiert!" und zieht mich aufgeregt in seine Wohnung zum Sofa.
„Setz dich!" befiehlt er so feierlich, als würde er gleich um meine Hand anhalten.
„Willst du mich heiraten?", frage ich und knuffe ihn in die Seite.
„Warum nicht?" antwortet er und tut, als ob er vor mir auf die Knie gehen würde.
„Also, erzähl schon!" sage ich ungeduldig und hoffe, dass er sich beeilt, denn eigentlich will ich Fred meine

unglaubliche Geschichte erzählen.
„Erst Tee!“, meint er mit erhobenem Zeigefinger und verschwindet in der Küche. Als ich seine vertrauten Küchengeräusche höre und mein Blick über die vielen Bücher und Fotos wandert, fühle ich mich zu Hause. Hier habe ich mich vor der Welt versteckt. In meiner Revoltiermanege. Und keine Stunde, die ich mit Fred verbracht habe, war verlorene Zeit.
Fred kommt mit einem schwerbeladenen Tablett und bestens gelaunt aus der Küche, schenkt sich ein Gläschen Cognac ein, trinkt auf mein Wohl und sieht mich vielsagend an.
„Jetzt mach schon. Was ist los?“, dränge ich und schenke uns Tee ein.
„Gestern, als du gegangen bist. Du erinnerst dich? Nach unserem kleinen Streit im Nilpferdhaus. Also. Gerade als du weg warst und es mir bereits leidtat, dich mit einem kleinen lächerlichen Schaf verglichen zu haben, kam keine zwei Minuten später eine ältere Dame, oder besser gesagt: eine Lady. Und setzt sich mit ihrem mitgebrachten Klappstuhl neben mich. Kennst du das Gefühl, wenn ein Mensch einen Raum betritt, den du noch nie gesehen hast, und du hast trotzdem das Gefühl, dieses Wesen zu kennen? Also, dieses Gefühl hatte ich vom ersten Moment an. Aber ich wusste nicht, warum, und sah immer wieder verstohlen zu ihr. Fühlte mich von ihrem Profil magisch angezogen. Ich weiß nicht, wie, aber sie schaffte es, mich in einem einzigen Augenblick zu Rodolfo Valentino zu machen!“, lacht Fred, wird dann aber sofort wieder ernst und sagt: „Aber das war es nicht. Odelie nur anzusehen genügte, und alle herumliegenden

Einzelbilder, die sich im Laufe meines Lebens angesammelt hatten, wurden zu einem Ganzen. Ich weiß, das hört sich übertrieben an, aber genauso habe ich es empfunden, und seit sie nicht mehr in meiner Nähe ist, vermisse ich dieses Gefühl unendlich."
„Hast du sie angesprochen?", frage ich Fred.
„Nein. Ich saß da wie ein Pennäler und wartete ab. Erst als die Nilpferde gefüttert wurden, trafen sich unsere Blicke, und sie fragte, ob ich das erste Mal hier sei, und erzählte, dass sie jeden Vormittag käme. Aber dieses Mal habe sie sich verspätet, weil ein großes Stück Stuck von ihrem Plafond zu Boden gefallen sei und es eine ganze Weile gedauert habe, bis sie den Schmutz und Staub beseitigt hatte. Und wie wir so nebeneinandersitzen und über Berlin und den Winter, der immer zu lang, und den Himmel, der immer zu grau ist, reden, erzählt sie, dass sie den Himmel ihrer Kindheit trotz des Krieges immer blau in Erinnerung behalten habe. Bis zu dem Tag, an dem sie einen kleinen Jungen in einem Berliner Krankenhaus kennenlernte, der an den Stäben seines Gitterbettes festgebunden war, und sie saß, da ihre Mutter als Krankenschwester arbeitete, von diesem Tag an, sooft sie konnte, an dem Bett des sprachlosen Jungen, der nicht essen und nicht lachen wollte. Ab und zu hat er sie Clara und dann wieder Camilla genannt, und dann hat sie ihm schnell etwas zu essen in den Mund gesteckt. Nach ein paar Wochen hat er sogar einmal gelächelt, als sie an sein Bett kam. Doch dann wurde er eines Tages von einem Pater abgeholt, und obwohl sie ihm in seinem Nilpferd aus Wolle einen kleinen Zettel mit ihrer Adresse versteckt hatte, hat sie nie wieder etwas von ihm gehört.

„Seitdem ist kein Tag vergangen, an dem ich nicht an ihn gedacht habe. Ist das nicht seltsam?“ fragte sie mich und hat mich ganz traurig angesehen. Mir stockte der Atem, und es hat mich fast der Schlag getroffen, denn mir war sofort klar, dass ich der Junge und sie das Mädchen war, das Tag und Nacht an meinem Gitterbett wachte, als ich im Kinderkrankenhaus lag.“
„Das ist ja ein Wunder!“ flüstere ich und umarme Fred.
„Ja“, meint Fred und sieht dabei aber nicht besonders glücklich aus.
„Ja – aber? Was?“ frage ich überrascht.
„Na ja. Ich habe nicht gesagt, dass ich der Junge war.“
„Wieso denn nicht?“
„Weil ich mich nicht getraut habe. Kannst du dich erinnern, wie ich dir einmal einen guten Rat geben wollte und sagte, dass du dein Leben nicht mit der Kurzsichtigkeit eines Verliebten durchmessen sollst. Das ist falsch. Darin liegt nicht das Prinzip der Befreiung, Jane. Darin liegt das Prinzip der Angst. Beides gehört zusammen wie Tag und Nacht. Das habe ich begriffen, als mir klar wurde, wer die Lady war. Und zum ersten Mal seit vielen, vielen Jahren verspürte ich Angst. Angst, dass sie mir nicht glauben würde. Angst, etwas falsch zu machen. Angst, sie noch einmal zu verlieren!“ Fred zieht einen kleinen sorgfältig gefalteten Zettel mit einer in Kinderschrift geschriebenen Adresse aus seiner Jackentasche und öffnet ihn so vorsichtig, als wäre es Goldstaub.
„Das habe ich in Kurts Bauch gefunden.“ Auf dem kleinen Blatt Papier steht in ungelenker Kinderhandschrift: Odelie Nussbaum. Wielandstraße 15a. Berlin.
„Wir sind heute Nachmittag im Nilpferdhaus verabredet,

und ich überlege die ganze Zeit, wie ich ihr die Wahrheit sagen kann, so dass sie glaubhaft erscheint."
„Warum legst du nicht Kurt auf deinen Klappstuhl und drückst ihr den kleinen Zettel in die Hand?" frage ich Fred. „Dann musst du gar nichts mehr sagen."
Fred sieht mich fassungslos an. Umarmt mich. Küsst mich auf beide Wangen. Verschwindet in seinem Schlafzimmer. Und holt Kurt aus dem alten Koffer, in dem er die wenigen Dinge seiner Kindheit aufbewahrt. Dann trinken wir Tee. Zu dritt.
Und endlich kann ich meine Geschichte erzählen.
Fred schwört bei Greta Garbo, niemals zwischen meinen Ohren gelacht zu haben, und sein schelmischer Blick verrät, dass meine Geschichte ihm große Freude bereitet.
„Ich habe ein paarmal versucht, dich anzurufen, weil ich wegen Odelie nicht einschlafen konnte. Und dann lag ich lange wach, weil ich mir Sorgen machte und deinetwegen nicht einschlafen konnte."
„Warum hast du mir nie erzählt, dass Daniel der Sohn deines besten Freundes ist?"
„Hätte das etwas geändert?" stellt Fred die Gegenfrage.
„Nein. Vermutlich nicht. Erinnerst du dich, als wir im Museum waren, um „Ma Jolie" anzuschauen? Dort traf ich Daniel das erste Mal, ohne die geringste Ahnung zu haben, wer er ist. Und weißt du, was mich sofort an ihm fasziniert hat?"
„Was?"
„Keine Ahnung. Aber ich habe ihn gesehen und konnte mir plötzlich vorstellen, viel Zeit mit ihm zu verbringen. Das ist doch verrückt. Oder?"
„Das ist Liebe, Jane", sagt Fred. „Aber um so etwas zu

erleben, muss man bereit sein. Und ganz offensichtlich war der Apfel reif!"
„Ich bin aber nicht verliebt. Und ich habe mir vorgenommen, mich auch nicht so schnell zu verlieben. Erst einmal werde ich mir eine Wohnung suchen. In London. Oder in Berlin. Und das tun, was ich in Gedanken immer schon einmal tun wollte. Ich werde meinen Vater besuchen. Den Freund meiner Mutter kennenlernen. Melanie treffen. Vielleicht für eine Weile verreisen. Und stell dir vor, ich habe sogar ein Jobangebot. Und wenn das klappt, lade ich dich ein zu einer Reise."
„Nach Hollywood?", fragt Fred.
„Warum nicht? Aber nur, wenn du versprichst keine von dir unterschriebenen Autogrammkarten, egal, ob von Lebenden oder Toten, zu verteilen."
„Auch nicht von Bette Davis?"
„Auch nicht von Bette Davis."
Wir einigen uns darauf, dass Fred Autogrammkarten von sich unterschreiben und verteilen darf, und während er sich in seiner riesigen Fotokiste schon einmal nach einem passenden Porträt umsieht, schicke ich Peter eine SMS. Als Fred den Text gelesen hat, gratuliert er mir. Bezweifelt aber, dass Peter in der Lage sei, die ironisch gemeinten Worte richtig zu interpretieren, da ihm der nötige Instinkt fehle, um meine Botschaft richtig zu verstehen:

> „Langgehegter Irrtum, mein Misstrauen gegen die Sprache und der Widerstand, den ich als Bild gegen das Betrachtet- und Verstandenwerden hegte, sind passé. Das Kunstwerk hat den längst fälligen Prozess der Grenzüberschreitung und Horizonterweiterung vollzogen."

Dann beziehe ich mich auf Malewitsch, den Meister des Nichts, und füge noch ein Postskriptum hinzu:

> „Du kennst meinen Versuch, mich mit Malewitschs Bild ‚Weißes Quadrat auf weißem Grund', zu vergleichen, und meine Sehnsucht, als solches entdeckt zu werden. Das ist Quatsch. Ich meine, nicht in der Kunst. Aber im Leben. Mehr dazu in ein paar Wochen. Take care. Jane."

Bevor ich gehe, bittet mich Fred, in seinem riesigen Kleiderschrank einen passenden Anzug für sein Rendezvous auszusuchen, und ich rate ihm, auf keinen Fall etwas zu tragen, das jemals mit seinen Mottenkugeln in Berührung gekommen ist. Es gelingt mir sogar, ihn zu überreden, die Dinger im Sondermüll zu entsorgen, und als Fred in seinem karierten Tweedanzug vor mir steht und mich überglücklich anlächelt, fällt es mir schwer zu gehen. Aber ich bin mit Britt zum Mittagessen verabredet und schon spät dran.
„Ich mache mich jetzt auf den Weg, Fred. Wir sehen uns", sage ich und drücke ihm zum Abschied einen Kuss auf die Wange, und Fred umarmt mich, hält mich mit seinen großen Händen an den Schultern fest und sagt:
„I see you, Miss Terry Jane."
Seine Augen leuchten wie zwei funkelnde Sterne, als er mit seinem Staubtuch in der Hand noch so lange winkt, bis ich wohl in einer verschwommenen Masse aus Licht und Schatten verschwinde.
Als ich an dem Schaufenster vorbeigehe, in dem das Plakat mit dem jungen Mann in der Wiese hing, ist es

nicht mehr da. An seiner Stelle hängt ein neues Filmplakat, auf dem eine junge Frau auf einem Ast in einer riesigen Baumkrone sitzt und lächelnd in die Ferne sieht. Sie trägt ein hellbraunes Kleid mit dunkelblauen Punkten, und an ihrem rechten Fuß baumelt ein umwerfend hübscher Schuh am großen Zeh, während der andere bereits auf dem Boden im Gras liegt.
Über der dunkelgrünen Baumkrone steht im strahlendblauen Himmel ein verdächtig kurzer Satz:

> „Wenn du wissen willst, wie ein Apfel schmeckt, musst du den Apfel essen."

Ivana Jeissing
wurde 1958 in Österreich geboren und verbrachte ihre Kindheit in Salzburg und Turin. Sie arbeitete viele Jahre als Regisseurin und Creative Director. Heute schreibt und lebt Ivana Jeissing glücklich in Berlin.

ISBN 978-3-904068-35-2

ISBN 978-3-904068-36-9

Titelbild:
Emanuel Bornstein
La belle de jour, 2018

Ivana Jeissing
Unsichtbar

Gestaltung: Volker Toth
Druck: Florjancic, Maribor

ISBN 978-3-904068-34-5

Erstveröffentlichung 2007 bei Diogenes, Zürich

Gefördert von: Land und Stadt Salzburg
Bundesministerium Kunst, Kultur,
öffentlicher Dienst und Sport